마검왕 14

ORIENTAL FANTASY STORY & ADVENTURE

dream books
드림북스

마검왕(魔劍王) 14 드러나는 힘

초판 1쇄 인쇄 / 2012년 9월 24일
초판 1쇄 발행 / 2012년 9월 28일

지은이 / 나민채

발행인 / 오영배
편집팀장 / 권용범
책임편집 / 편집부
펴낸 곳 / (주)삼양출판사 · 드림북스

주소 / 서울특별시 강북구 송천동 322-10호
대표 전화 / 02-980-2112 팩스 / 02-983-0660
편집부 전화 / 02-980-2116 팩스 / 02-983-8201
블로그 / blog.naver.com/dreambookss

등록번호 / 제9-00046호
등록일자 / 1999년 3월 11일

ⓒ 나민채, 2012

값 8,000원

(주)삼양출판사 · 드림북스의 서면 허락 없이는 어떠한
형태나 수단으로도 이 책의 내용을 이용하지 못합니다.

ISBN 978-89-542-4067-3 (04810) / 978-89-542-3036-0 (세트)

* 지은이와 협의하에 인지는 생략합니다.
* 잘못된 책은 구입한 곳에서 바꾸어 드립니다.

목차

제1장 스타트 섬 …… 007

제2장 신흥 종교 혈마교 …… 041

제3장 새로운 사람들 …… 079

제4장 다급한 메일 …… 111

제5장 너를 살려 주겠다 …… 139

제6장 경비정의 불빛 …… 169

제7장 불청객들 …… 201

제8장 항모타격전단(CSG) …… 237

제9장 레이더 모니터 …… 269

제 1 장
스타트 섬

※ 『마검왕』은 순수 창작물로써, 이 작품 속에 등장하는 인명·지명·단체명 등은 실제 사실과 관계가 없음을 밝힙니다.

 붉은 드레스를 입은 그녀는 그녀가 가지고 있는 뇌쇄적인 이미지만큼이나 사생활이 문란했다.

 섹스 중독, 약물 중독뿐만 아니라 폭행 사건이 쉬지 않고 이어졌다. 삼 년 전에 '내 속에서 너희들을'이라는 영화로 인기의 정점을 찍은 이후로는 줄곧 내리막길을 걷고 있었다.

 그런 그녀를 알렉스가 동물 보호 협회로 가장한 혈마교 집회로 데려왔다. 삼 년 전만 하더라도 알렉스는 이름을 막 알리기 시작한 초짜 배우로 그녀가 많이 챙겨 주었다고 한다.

그때의 인연으로 지금까지 친분을 계속 이어 왔다고 하는데, 내가 보기에는 알렉스가 그녀에게 많은 연민을 가지고 있는 것 같았다.

집회가 끝난 후 따로 그녀와 면담했다.

그녀는 내가 찾던 사람이었다.

"다나 샬론."

그녀는 굳게 잠긴 문을 바라보고 있다가 내 음성에 화들짝 놀랐다.

그녀는 많이 긴장하고 있었다.

"예, 교주님."

"그렇게 긴장할 것 없다."

리차드 청이 그녀의 기사가 실린 가십지를 보여 준 적이 있었다. 그 안에서 그녀는 약에 취한 채 거의 발가벗은 상태로 침대에 누워 있었는데 그 모습이 꼭 한물간 창녀처럼 보였다.

오늘은 조금 달랐다.

얼굴에 생기가 없고 연신 불안해하는 기색이 역력했지만 한때 할리우드 최고의 섹시 여배우였던 외모는 여전히 남아 있었다.

"내 앞으로 오너라."

내가 말했다.

그녀는 천천히 내 앞으로 걸어왔다.

그러더니 뭔가 결심한 듯 침을 꿀꺽 삼켰다.

그녀가 드레스 뒤로 손을 뻗어 후크를 내린 다음 어깨에 걸쳐져 있는 끈을 내렸다. 그러자 드레스 상단부가 스르르 허리춤으로 내려갔다.

속옷 차림의 그녀가 내 앞에 서 있었다. 그것마저 탈의하려는 그녀를 말렸다.

"왜 그런 행동을 하지?"

당황한 건 오히려 그녀였다.

"예?"

'저를 따로 부르신 건 바로 이런 이유 때문이 아니었나요?'라는 얼굴이다.

"너는 오늘 입교한 아이다. 어떻게 그리 과감할 수 있는지 궁금하군. 우선 옷을 추스르거라."

그녀가 드레스를 바로 입을 때까지 기다렸다.

"왜 내 앞에서 옷을 벗었지?"

그녀는 말이 없었다.

"말이 없는 것을 보니 너는 본교를 여교도를 간음하는 사이비로 보았던 게 분명하다. 본교는 여교도를 간음하는 이를 묵과하지 않는다. 이는 여교도 역시 마찬가지다. 색욕을

즐기기 위함이라면 매음굴로 가는 것이 옳다. 그만 돌아가라. 내가 너를 잘못 본 모양이다."

그녀는 힘없이 몸을 돌렸다.

이대로 돌아간다면 그녀는 내가 찾던 사람이 아니란 것이기에 미련이 없었다.

그런데 문 앞에서 그녀가 발걸음을 멈췄다. 그녀는 의자에 앉아 있는 내게로 고개를 돌려 간절한 눈빛을 보냈다.

'도와주세요.'

그 눈이 그렇게 말했다.

나는 고개를 끄덕였다. 그녀는 다시 내 앞으로 돌아왔고 집회에서 입교식을 했을 때와 마찬가지로 무릎을 꿇었다.

"차분히 말해 보거라. 시간은 많다."

"먼저 말을 했어야 했는데, 제가 너무 경솔했어요. 저는 제 상태를 감춤 없이 말하고 싶던 것이었어요. 교주님과 교를 욕보이려는 의도는 아니었어요."

"의미가 불분명하군."

"할리우드에는 등락이 분명해요. 저는 알렉스가 이렇게까지 가십 없이 톱스타의 자리에 오래 머물러 있을 것이라고는 생각지 못했어요."

"그리고."

"배우들은 나약하죠. 연기와 인기에 중독되어 버리면 황

폐해지죠. 저는 그가 무너질 것이라 생각했어요. 한창 주가가 오른 이후에 그 역시 저처럼 될 거라고 생각했죠. 하지만 그는 그렇지 않았죠. 유혹에 넘어가지도 자만에 빠지지도 않았어요."

"그것을 '강해진다.'라고 말하는 건가."

"네, 저는 인간을 강하게 만드는 무언가가 교에 있다 생각해요. 정신적인 뿌리. 더불어 교를 알게 된 알렉스에게는 스트레스라는 게 없는 것처럼 보였어요. 실제로 스트레스가 없는 것이겠죠. 약과 섹스로 자신을 달래지 않아도 좋을 만큼요. 저는 그가 쉽게 무너져 저를 다시 찾아올 거라 생각했었는데…… 그는 일절 저를 찾지 않았어요. 제가 나서 유혹했을 때 오히려 저를 다잡아 이곳으로 보내 주었죠."

그녀가 계속 말했다.

"사실 알렉스는 그간 그의 비밀을 말해 주지 않았어요. 멍청하게도 저는 더 좋은 각성제를 가지고 있는 건가 해서 몇 번이고 집착했던 적이 있었어요."

나는 고개를 끄덕였다.

"그의 비밀에 대해 들었을 때 저는 정말 놀랐어요. 소개시켜 줄 곳이 있다 했을 때 저는 직감했어요. 그 역시 탐이나 윌, 그리고 다른 친구들처럼 사이언톨로지교에 빠졌구나, 하고 말이죠. 그래서 더 의아했어요. 교주님께 고백하자면 사이언톨로지교에 입교했던 적이 있었어요. 거긴 사이비예요. 제가 찾고자 하는 어떤 것도 찾을 수 없었어요. 하지만 알렉스를 그렇게 강하게 만들어 준 건 사이언톨로지교가 아니었어요."

그녀는 말을 하는 동안 어느새 목소리에 힘을 찾기 시작했다.

"오늘 집회에서 저는 다른 세계를 봤어요. 지금껏 제가 찾던 힘을 봤어요. 나약한 저를 이끌어 주고 아이처럼 돌봐 주실 분을 봤어요. 오늘 본 그 기적이 저를 경솔하게 만든 것 같아요. 정말 죄송합니다."

무릎을 꿇은 채 나를 올려다보고 있던 그녀가 다시 고개를 숙였다.

"그렇다면 나는 너를 잘못 보지 않았다."

"감사합니다."

"내가 너를 따로 찾은 이유는 너에게서 간절함을 봤기 때문이다. 하지만 그 간절함만큼이나 네게 그것을 이겨 낼 만한 의지가 있을지 모르겠구나."

지금 당장에라도 그녀의 몸에 깃든 독기를 빼내 약물 중독을 해결하고, 운기를 통해 그녀의 정신을 청명하게 만들어 섹스 중독을 이겨 낼 힘을 줄 수 있다.

하지만 그것은 내가 그녀를 찾던 이유가 아니었다. 내가 그녀를 찾은 이유는 다름 아닌 혈마교의 기반을 다시금 확인하기 위해서였다.

혈마교는 지금 규모에서 자본이 부족하지 않다.

신 회장이 그가 축적해 둔 수천억 원대 비자금을 모두 헌납했을 뿐만 아니라 영화 '지독한 싸움'의 수익금이 있기 때문이다.

지금 당장은 규모가 작아 '보이는 신'만으로 충분하지만, 교세를 세계적으로 확장하고 전쟁을 준비하기 위해선 내가 보이지 않더라도 교는 스스로 움직일 수 있어야 한다.

그리고 보통 종교에서는 스스로 움직일 수 있는 그 힘을 교리와 경전이라 한다.

하지만 우리는 그것이 부족하다.

저쪽 세상의 혈마교의 것을 그대로 가져다 쓰기에는 이 시대상을 제대로 반영하지 못할뿐더러 이 세상과는 너무 이질적이다.

그래서 이 세상과 조화를 이룰 교리와 경전이 필요한 것이다.

"의지는 있습니다……."

그녀가 말꼬리를 흐렸다.

"그러나 그 의지가 강했다면 나를, 본교를 찾을 이유가 없었을 테지."

"죄송합니다. 교주님."

솔직한 그녀가 마음에 들었다. 그리고 갱생을 위해 어려운 발걸음을 한 그녀의 각오 역시 마음에 들었다. 보통 사람들은 그러기가 힘드니까.

"다나 샤론."

"예. 교주님."

"청명한 정신을 가진 인간은 전 인류에게 도움을 준다. 그런 도움들이 사회를 발전시키고 사람의 정신을 청명하게 만들어 주는 데 일조하게 된다. 그렇게 청명한 사람들이 모이면 어제보다는 내일이 더욱 평화로워지며, 전 인류가 청명해질 때 이 세상은 비로소 진정한 행복을 느끼게 될 것이다. 본교는 이 세상 사람들이 사는 게 더 이상 고통스럽지 않고 맡은 직분에 충실하며 행복하길 원한다. 다나 샤론. 너 역시 행복해졌으면 한다."

자리에서 일어나 그녀의 어깨에 손을 올렸다.

"본좌는 네게 정신을 청명하게 만드는 법, 본교의 교리를 알려 주려 한다."

이 세상에는 요가나 단전 호흡, 뇌 호흡과 같은 수많은 명상법이 존재한다.

그것들이 잘못됐다는 것은 아니다.

저쪽 세상의 심법과 동일한 이치로 특정한 움직임이나 호흡을 통해 정신적 평온을 되찾는 방법인데, 그러한 진정한 경지에 이르기까지는 적게는 수년 많게는 수십 년에 달하는 수련과 노력이 필요하다.

그렇기 때문에 이 세상에서는 그런 경지에 이른 사람을 도인, 달인, 대가 등으로 부른다.

하지만 저쪽 세상에서는 무림에 몸을 담은 사람이라면 빠르게 그 경지에 도달하고 그것이 곧 무림인으로서의 시작을 알린다.

이쪽 세상에는 끝의 경지가 저쪽 세상에서는 시작점에 불과하다는 말이다.

그 차이점은 진기와 내기에서 시작한다.

진기는 인간이라면 태생부터 가지고 태어나는 기운이며 내기는 심법을 통해 길러야만 하는 후천적인 기운이다.

저쪽 세상에서는 내기를 기르지 못한 범인이 내기를 쌓기 위한 방법으로 그 시작을 진기에서 찾는다. 진기를 느끼고 무아지경의 명상에 이르면 비로소 내기를 이해하게 된다.

진기를 느끼는 방법은 각 문파별로 다르게 계승되어 왔다.

소규모의 문파에서는 도제 형식으로 스승이 직접 제자의 진기를 움직여 주는 반면에 중규모 이상을 넘어가면 비전을 통해 익힐 수 있다.

 갓 입교한 소교들이 혈마교에 입교에서 교리를 배웠다면 그 다음에 진기를 느끼고 무아지경에 이르는 법을 배우며 본격적으로 혈마교의 무공들을 익히게 된다.

 소교들이 익히는 그 명상법이 바로 '육운공(六運功)'이다.

 앉는 법.

 숨 쉬는 법.

 생각하는 법.

 느끼는 법.

 유지하는 법.

 잊는 법.

 그 묘리를 차분하게 다나 샤론에게 가르쳤다.

 일찍이 서양인인 팀과 알렉스에게 묘리가 더 깊고 복잡한 심법을 가르친 경험이 있어서 어렵지 않았다.

 명상을 막 끝낸 그녀가 눈을 떴다.

 봉오리를 틔우는 연꽃처럼 떠진 그녀의 눈에 그동안 찾을 수 없었던 생기가 번질거렸다.

 "태어나서 이렇게 푹 잤던 적이 없었던 것 같아요. 어떻게 말씀드려야 할지 모르겠어요. 잔 것인지 안 잔 것인지."

 "그 방법으로 항시 정신을 청명하게 유지하거라. 너 또한 고통에서 벗어나 세상에 도움이 되었으면 한다. 돌아가 보거라."

"감사합니다. 교주님."

그녀는 진심으로 대답했다.

화악!

내가 기운을 일으키자 굳게 닫혔던 문이 열렸다. 그녀가 놀란 눈을 동그랗게 뜨더니 조심스럽게 방에서 나갔다.

이제 그녀를 지켜보는 일만 남았다.

* * *

다나 샤론이 마약 딜러와 접촉했다는 보고를 받은 것은 그로부터 삼 일 후였다. 그 일이 알렉스에게는 꽤 실망으로 다가왔는지, 내게 보고하는 내내 알렉스의 표정이 좋지 않았다.

나 또한 배신감이 끓어 올랐다.

탈의하면서 몸까지 바치려던 게 불과 삼 일 전이다.

하지만 육운공에 기대를 걸고 조금 더 지켜보기로 했다.

그녀는 또다시 약에 손을 댔다.

예상대로 그녀는 새로운 약을 찾았다.

본래 그녀가 복용했던 메타데이트(ADHD, 주의력 결핍 과잉 행동 장애의 약물 치료제)라는 약과 애더럴(Adderall) 그리고 필로폰을 섞어 만든 신종 약물 'HON'을 말이다.

HON은 그 효과가 너무 강력하고 중독성이 최고여서 DEA(마약 수사국)에서도 전담팀을 조직해 조사를 하고 있는 중이기도 했다.

열흘째가 되던 날 리차드 청에게 최종 보고를 받았다.

"못 말리는 여자입니다. 교주."

리차드 청이 모니터를 보여 주며 말했다.

거기에는 벤츠 창밖으로 손만 내민 그녀가 마약 딜러와 접촉하는 CCTV영상이 재생되고 있었다.

리차드 청은 마약 딜러의 핸드폰을 해킹해 그녀가 HON 삼백 정을 추가로 구입했다는 사실도 알아냈다. 그 정도 양이면 반년은 복용할 수 있었다.

다나 샤론을 호출했다.

그녀는 육운공을 시전했을 때보다도 더욱 생기발랄한 눈동자를 하고 있어서 나를 놀라게 했다.

혹시 육운공이 효과가 있었나 싶었는데 그것이 아니었다.

그녀는 역시나 약을 먹어 각성된 상태였다.

그녀를 만나기 전까지는 괜찮았으나, 직접 마주하고 나자 또다시 배신감이 끓어 올랐다.

예상했던 일이라 해도 역시 실망하게 되는 걸 막을 순 없었다. 옆에서 알렉스가 그런 그녀를 측은하게 바라보고 있었다.

"왜 그 약을 먹었지?"

"죄송합니다, 교주님. 제가 의지가 약해서…… 이 약이 저를 더욱 힘들게 할 거란 걸 알아요. 하지만, 하지만."

"하지만?"

"드릴 말씀이 없어요. 교주님, 잘못했습니다. 이 약을 끊으려고 노력 중이에요. 교주님께서 가르쳐 주신 방법이 효과가 있어요. 저는 점점 좋아지고 있어요."

내가 보기엔 절대 그렇지 않았다. 그녀는 더욱 나빠지고 있다.

약은 일시적이고 수많은 부작용을 가지고 있다.

시간이 지날수록 그 효과는 짧아지며 금단 증상에 따른 고통은 더 크게 찾아올 것이다.

그리고 다나 샤론은 더 많은 약을, 더 강한 효과를 가진 약을 찾아 거리를 헤매게 될 것이다.

"저는 좋아지고 있습니다, 교주님. 다시는 이런 모습으로 서지 않을게요."

그녀가 진심을 담아 말했다.

하지만 그 진심 또한 약으로 각성된 정신에서 나오는 것이기 때문에, 소위 약발이 떨어지는 즉시 약을 찾을 수밖에 없다는 생각이 들었다.

"그것은 거짓이다. 다나 샤론!"

나는 화난 감정을 고스란히 드러냈다.

"입교할 때 너는 네 스스로 목숨을 바치겠다고 하였어. 그 맹세를 기억하는가!"

부쩍 커진 내 목소리에, 거기서 뻗친 공력에 그녀는 사색이 돼서 몸을 부르르 떨었다.

"귄!"

알렉스를 불렀다.

알렉스는 내 앞으로 걸어와 고개를 숙였다.

"이 아이를 그곳으로 데리고 가라."

내가 말했다.

"그곳이라니 무슨 말을 하는 거죠?"

다나 샤론이 반사적으로 고개를 들면서 나와 알렉스를 번갈아 쳐다보았다.

"그곳이라니요? 나는 어디에도 안 가요! 당신들이 나를 어떻게……."

그녀는 잔뜩 겁에 질려서 다가오는 알렉스를 향해 고개를 마구 저어 댔다.

"꺄악!"

알렉스가 그녀의 팔을 붙잡자 그녀는 엄청난 비명을 질렀다. 알렉스는 나를 힐끔 본 후에 표정을 단호하게 다잡고,

강제로 그녀를 일으켰다.

그러자 그녀는 마치 공포 영화 속에서 살인귀에 붙잡힌 여인처럼 발버둥 쳤다.

그때 알렉스가 그녀의 혈도를 점하자 그녀는 죽은 사람처럼 축 늘어졌다.

알렉스가 그런 그녀를 내려다보며 서글픈 표정을 짓더니 바로 데리고 나갔다.

이를 지켜보고 있던 리차드 청이 내게 다가와 물었다.

"못 말리는 여자입니다. 교주. 교주는 왜 이런 여자에게 관심을 두시는 겁니까. 관심이 필요한 사람은 많습니다. 다나 샤론은 끝났어요."

"아니."

나는 고개를 저으며 입을 열었다.

"나는 이 아이를 통해 교의 미래를 볼 생각이다."

* * *

녹색으로 채워진 하트 문양, 그린 하트.

그것이 큼지막하게 박힌 문을 열고 헬리콥터에 올라탔다.

캘리포니아 주 롱비치에서 남서쪽으로 나아갔을 때 사유지 섬들이 하나둘 시선에 들어오기 시작했다.

우리가 경매를 통해 구입하고 시작점이라는 의미로 '스타트'라고 명칭을 변경한 사유지 섬은 복숭아처럼 동그랗게 생긴 지형으로 남쪽에 선착장이, 그리고 북쪽에 헬리콥터 착륙장이 있었다.

선착장에는 이미 배 한 대가 정박해 있었고 그 앞에는 모래사장이 아름답게 펼쳐져 있었다.

완연한 봄기운이 느껴지는 날씨 속에서 막 피어오르기 시작한 꽃들까지 보이니 이 섬은 천국의 한 귀퉁이를 떼어다 놓은 것처럼 보였다.

한때 철도왕 밴더빌트 가의 사유지였고 경매에 부쳐지기 전까지 꾸준히 관리가 된 탓에, 지어진 지 백 년이 지났다 하는 별장임에도 불구하고 손볼 필요 없이 완벽했다.

마치 한 폭의 풍경화와 같은 경치를 바라보면서 팀에게 주의를 줘야겠다고 생각했다.

여름에 여자들을 이곳으로 데려오지 말라고.

우리는 별장 내부를 살펴보지 않고 곧장 외부 계단을 통해 지하로 내려갔다.

"사부!"

보안실 안에 팀이 있었다.

"그녀는?"

"막 정신이 들었습니다."

지하실은 좋게 말해서 교화실, 나쁘게 말하자면 감옥으로 개조됐다.

밖이 보이지 않는 특수 유리가 설치된 교화실과, 섬 주위와 별장, 그리고 교화실에 설치된 감시 카메라들을 확인할 수 있는 보안실로 이루어져 있다.

섬에서 감시 카메라를 피할 수 있는 사각지대는 오로지 교화실 내부에 있는 화장실과 샤워실뿐이었다.

모니터를 바라봤다.

알렉스가 막 그녀에게 물을 건네고 있었는데, 그녀는 알렉스의 손을 뿌리치고는 알렉스에게 고래고래 소리를 질렀다.

팀이 마우스를 클릭하자 외부 스피커를 통해 교화실 안의 소리가 들렸다.

"고소할 거야! 내 자유를 완전히 박탈하고 이 이상한 곳에 가둔 책임을 꼭 물을 거야! 고소하고 전부 감방에 넣어 버릴 거야!"

그녀의 말대로 지금 우리가 하고 있는 행동은 위법 행위다.

발악하는 그녀를 보고 있노라니 미안함이 앞섰다.

하지만 모든 갱생 시설이 그렇듯, 그녀를 갱생시키기 위해서는 어쩔 수 없이 특단의 조치가 필요했고, 교를 위해선 죽음도 불사하겠다는 그녀의 맹세 또한 있었다.

"여기는 너를 해치는 곳이 아니야. 다나, 나를 믿지?"

알렉스의 음성이 스피커에서 흘러나왔다.

"나는……나는…… 여기서 섹스 노예가 될지 어떻게 알아? 내가 미쳤었어. 나는 결코 호기심을 가져서는 안 되는 곳에 호기심을 가졌던 거야."

"나를 믿어, 다나."

"그만해! 내 믿음을 가지고 싶어? 그럼 나를 풀어 주란 말이야. 이 이상한 감옥에서!"

그녀는 발악했다.

알렉스에게 매달려 그에게 손찌검을 하고 미친 듯이 울기도 했다.

그래도 알렉스에게 변함이 없자 그녀는 알렉스 발목을 붙잡고 애원했다.

감정을 드러내는 일이 적은 알렉스에게도 이 일은 무척 힘들었는지 힘든 마음이 표정에 고스란히 드러나 이었다.

알렉스가 다나 샤론을 뿌리치고 나와 곧장 보안실로 향했다.

나는 힘들어하는 알렉스의 어깨에 손을 올려 토닥여 줬다.

"저는 괜찮습니다. 다나는 저와 같은 행운아입니다. 스승님의 눈에 띄었지 않습니까."

"우리가 지금 하는 행동은 옳지 않은 게 분명하다. 하지만 해야 하는 일이기도 하지. 그녀를 위한다면 이곳에서의 모든 일을 기억에 두지 마. 잊어. 그녀가 새롭게 출발할 때, 지금 우리가 본 것, 들은 것을 모두 잊고 새로운 그녀를 맞아 주면 돼."

"예. 그리하겠습니다, 스승님."

알렉스는 그렇게 대답하며 고개를 돌렸다. 볼 것도 들을 것도 없는 모습들이 흘러가고 있었다.

약을 끊은 지 단 하루 만에 처절한 금단 증상이 나타났다. 그것은 보는 사람마저도 괴롭게 만드는 고통이었다.

그녀가 끊임없이 자해를 시도했기 때문에 알렉스는 잠을 자지 않고 항상 그녀의 옆을 지켰다.

그리고 이틀째가 되는 날에는 옷을 벗고 알렉스를 유혹했으며 삼 일째가 되는 날에는 세상을 저주하면서 약과 섹스를 미친 듯이 갈구했다.

그럴수록 알렉스마저 얼굴에서 생기를 잃어 가고 있었다.

나흘째.
나는 처음으로 교화실에 들어갔다.

먹지도 않고 자지도 않은 채 약만 갈구하던 그녀가 나를 보자마자 내 쪽으로 기어 왔다.

더 이상은 힘이 남아 있지 않아 기는 것 마저 힘들어 보이는 그녀에게는 예전의 모습이 조금도 남아 있지 않았다.

오죽했으면 강건파인 리차드 청마저 복용량을 천천히 줄이는 게 좋지 않겠냐고 물었을까.

"교주님…… 제가 잘못했어요. 제가 나쁜 아이에요. 제가 나빠요."

"교주님. 이 이상은 그녀의 생명이 위험합니다."

알렉스가 말했다.

"나가 보거라, 권."

"예."

알렉스가 걱정 가득한 눈빛을 남긴 채 천천히 걸어갔다.

"가지 마! 가지 마아아아! 나를 이 악마와 남겨 두지 마아아아아!"

그녀가 있는 힘, 없는 힘을 다 짜내 소리쳤다. 알렉스가 무시하며 나가고 혼자가 되자 나를 보면서 빙그레 웃었다.

순식간에 변하는 그녀의 모습에 섬뜩함마저 일었다.

"교주님, 제가 예쁘지 않나요? 남자들은 저를 다 예쁘다고 하는데요."

그녀가 옷을 벗으며 말했다.

나는 그녀가 나신이 되도록 내버려 뒀다.

나신이 된 그녀가 내 발을 껴안고 발등에 키스를 퍼붓는 것도 그대로 뒀다. 내가 아무런 반응이 없자 그녀가 나를 올려다봤다.

나 또한 아무 말 없이 그녀를 내려다봤다.

우리는 그렇게 아무 말 없이 있었다.

잠시 후 그녀가 옷을 주섬주섬 입기 시작했다.

"죄…… 송해요. 이건 죽는 것보다 힘들어요. 차라리 절 죽여 주세요. 아니면 약을…… 제발."

"나는 약 대신 정신이 청명해질 수 있는 법을 가르쳐 주겠다."

"나는 나쁜 년이에요. 그 어떤 것도 효과가 없을 거예요."

그녀는 정말로 다섯 살배기 아이와도 같은 어눌한 발음으로 말을 하며 소리 내서 엉엉 울었다. 내가 쭈그리고 앉아서 그녀를 토닥여 주자 그녀는 내 품에 안겨 더 크게 울었다.

"힘든 걸 안다. 그렇지만 너는 이겨 낼 수 있다. 나는 다 알고 있다."

그러면서 그녀의 양손을 마주 잡았다.

공력을 주입해서 그녀의 진기를 이끌어 냈다. 흐릿하던 그녀의 눈에 조금씩 총기(聰氣)가 깃들었다.

순간이지만 정신을 되찾은 그녀는 내게 또다시 애원했다.
조금 더 또렷해진 발음으로, 조금 더 논리적으로.
나는 고개를 저었다.
"다나 샤론."
"예, 교주님. 저는 정말이지……."
육운공 다음으로 익히는 게 혈마교의 기초심법인 음양심법이다.
세상의 이치인 음양을 담은 심법으로 모든 소교들이 배우는 심법이며 상승심법으로 넘어가는 일종의 관문 격의 역할을 한다.
호흡을 통해 단전에 축기하는 법과 그것으로 상념을 잊는 법이 주된 내용이다.
애원하는 그녀를 마주 앉히고 음양심법을 전수했다.
"지금부터는 네 의지에 달렸다. 너는 새롭게 태어날 수 있다."

*   *   *

음양심법은 육운공보다 효과가 있었다.
그녀가 자해하는 횟수가 줄고 몸 상태도 하루하루 조금씩 호전되기 시작했다.

음양심법은 저쪽 세상에서는 아주 기초적인 심법에 불과하지만 이쪽 세상에서는 그 어떤 약보다 효과가 있는 것이다.

그 점은 내게 많은 질문을 던졌다.

음양심법이 만능치료제라면 저쪽 세상은 정신적으로 강하고 삶이 행복한 사람들만 가득했어야 한다.

하지만 저쪽 세상도 그렇지는 않았다.

그렇다면 왜 저쪽 세상에서는 이쪽 세상만큼의 효과가 나오지 않을까?

오랜 시간 생각한 끝에 이쪽 세상은 수많은 사람들이 스트레스를 동반한 삶을 살고 있기 때문이라는 답이 나왔다.

문명이 앞서고 문화의 질이 좋다고 해서 행복도가 앞선다고는 할 수 없다.

이 세상은 아직 그렇지 않은 국가도 있지만 민주주의가 만연하다.

민주주의는 평등을 말한다.

만인이 평등하다는 사상적 기반은, 예전이라면 신분이라는 벽에 가로막혀 묻혀 있었을 개개인이 가지고 있는 수많은 가능성을 꽃피게 하는 토대가 되었다. 그리고 그 가능성들은 지금과 같은 인류의 눈부신 발전으로 연결되었다.

그러나 양지는 언제나 음지를 동반하는 법.

이 평등한 사회에서 개개인은 각자의 재능을 발견하고 노력하며, 다른 사람과 경쟁하며 살아간다.

즉, 평등은 경쟁을 초래한다.

모두가 균등한 기회를 가지고 평등하게 시작해서 경쟁을 한다고 해도 그 과정 속에서 뒤처진 자는 자괴감에 빠질 수밖에 없다.

거기다 현실은 시작점마저도 평등하지 않다.

경쟁이 사람을 더 강하게 만든다고 누가 그랬던가.

경쟁 사회 속에서 얻는 수많은 스트레스가 이 세상 사람들의 정신을 나약하게 만들고 있는 것이라고 생각한다.

그런 의미로 비교적 정신이 나약해진 이쪽 세상 사람들에게 축기와 호흡법은 더 큰 효과를 발휘하는 것이라는 답을 내렸다.

* * *

하루는 그녀의 의지를 보기 위해 약을 놓았다.

그녀는 우리의 기대를 저버리지 않았다.

약을 보고 한참을 고민하는 것 같더니 눈을 질끈 감고 그것들을 변기에 버리고 물을 내렸다. 그리고는 꽤 많이 후회하는 것 같았지만 지난날에 비해서 장족의 발전을 한 것이다.

샤워를 하고 새로운 옷으로 갈아입은 그녀는 몰라보게 변했다.

팀은 지금 그녀가 전성기 때보다 더욱 빛을 발하는 것 같다고 말했다.

알렉스도 동의했다.

"감사합니다, 감사합니다, 교주님. 저는 새롭게 태어났어요."

그녀의 얼굴에 해맑은 미소가 떠올랐다.

조용히 있던 알렉스가 그런 그녀에게 다가가 품속 깊숙이 안았다.

알렉스 품에 안긴 다나 샤론은 행복해 보였다. 또한 둘이 서로를 바라보는 눈빛이 이전과 달라졌다는 것을 느낄 수 있었다.

"본교는 이 세상에 충만한 행복을 가져다줄 거야! 알렉스, 고마워!"

그러면서 다나는 알렉스에게 입을 맞췄다.

알렉스에게 이런 과감한 면이 있었나 싶을 정도로 그는 우리가 보는 앞에서 다나와 진한 키스를 나눴다.

꿀꺽.

옆에서 팀과 리차드 청의 침 넘어가는 소리가 들린다.

"이 아이를 집으로 데려다 주거라."

알렉스에게 말했다.

"다나는 이곳에서 조금 더 머물고 싶어 합니다. 교주님."

"네, 그래요. 교주님, 저는 아직 중독에서 완전히 벗어난 게 아니에요."

다나가 덧붙였다.

"네게는 이제 그것을 이겨 낼 청명한 정신이 생겼다. 갑자기 네가 사라져서 많은 이들이 걱정을 할 것이다. 그만 돌아가 보거라."

그렇게 다나를 집으로 되돌려 보냈다.

그 이후부터 꾸준히 다나의 행적을 보고받았다.

다행히도 그녀는 더 이상 약물 딜러와 접촉하지 않았다.

그리고 하루에 두 시간씩 꾸준히 음양신공의 묘리에 따라 운공하고 축기를 하면서, 자신의 생활에 이전과는 판이하게 달라진 의욕을 보이고 있다 한다. 이를테면 조깅과 헬스를 하고 악기를 배우는 식으로 말이다.

그리고 최근에는 그녀를 그간 눈여겨보고 있던 유명 감독이 그녀가 재활에 성공한 것을 알아차리고 같이 일해 보자고 제의했다고 한다.

물론 그녀는 수락했다.

* * *

다나 샤론이 떠난 후에도 나는 섬 '스타트'에서 일주일가량을 머물렀다.

그동안 혈마교 경전을 집필했다.

경전은 상, 중, 하 그렇게 세 부분으로 나뉜다.

상권은 혈마교의 기초 교리를 담았다.

기초 교리를 요약하자면 다음과 같다.

세상은 고통이 충만하고 악이 만연해 있다. 이에 인간은 매일같이 고통을 받아 직분에 충실치 못하며, 본질적인 인간의 삶을 이해하지 못한다.

그러나 청명한 정신에 이른 인간은 세상에 만연한 악과 고통에서 벗어나 직분에 충실하고 덕을 쌓는다. 그 덕은 바람이 불고 물이 흐르듯 하여 자연스럽게 인류에게 도움을 주고 고통으로 가득 찬 세상에 평화로움이 도래하게끔 한다.

즉, 맡은 직분에 충실한 삶을 살고 그 속에서 행복을 느끼게끔 도와주는 게 청명한 정신이며, 청명한 정신을 얻고 유지하는 것이야말로 우리 인간이 추구해야 할 목표이다.

중권은 그 청명한 정신을 얻는 시작점으로 육운공을, 하권은 청명한 정신을 유지하는 방법으로 음양심법을 담았다.

그리고 경전 전반에 걸쳐 '교주'는 악과 고통이 만연한 세상에서 사는 인간들에게, 태생의 이유인 진정한 삶과 직분에 충실했을 때의 행복을 되찾아 주기 위해 세상에 도래한 생신(生神:살아 있는 신)임을 밝혔다.

또한 경전을 다 읽은 이들은 어째서 본교가 혈마교(血魔敎)이고 교주 스스로 혈마(血魔)로 자칭하고 있는지 알 수 있을 것이다.

팀이 최종 검토가 끝난 경전 원고를 인쇄해 초판을 내게 건넸다.

그것을 별장에 있는 내 서재에서 제일 잘 보이는 곳에 비치했다.

* * *

하루는 팀과 알렉스가 차기작에 대해서 상의할 게 있다고 말했다.

뇌물 수수 혐의로 내사과 조사를 받고 있던 퇴물 형사가 어느 날 거리에서 부랑자들과 어울리는 예쁜 소녀를 발견하게 된다.

이상하게도 부랑자들이 그 소녀를 진심으로 따르고 있다는 점에 호기심을 느낀 퇴물 형사는 소녀에게 접근하게 된다.

"차기작에 본교의 교리를 담고 싶습니다. 대중들에게 쉽고 빠르게 본교의 교리를 알릴 수 있을 것입니다, 스승님."

"지금부터 그 일을 시작해야죠. 본교의 미래를 위해서! 안 그래요? 사부."

둘의 생각이 기특했지만 나는 고개를 저었다.

언젠가는 혈마교가 대중의 앞에 나서는 때가 있을 것이다.

하지만 지금은 아니다.

이미지 메이킹은 단기간에 할 수 있는 작업이 아니다.

급작스러운 선전은 악영향만 줄 것이다.

"불허한다."

내가 그렇게 대답하자 둘은 놀란 얼굴로 물었다.

"어째서 말입니까."

"급작스러운 것들은 언제고 반발을 불러오는 법이다. 자연스럽게 스며들게 하되 그것이 일반인의 잣대 안에서 평가될 수 있는 보편적인 정의로움으로 포장해야 옳다."

"하지만 사부……."

알렉스가 팀을 말렸다. 그는 언제나처럼 진중한 얼굴로

스타트 섬 37

알겠다고 대답했다.

내 말의 의미를 이해한 것이겠지.

"차기작은 사투(Desperate struggle)의 후속편으로 진행하겠습니다.

나는 돌아서는 둘을 향해 말했다.

"권은 남아."

팀만 나갔다.

"리차드에게 듣자 하니 입교 희망자가 빠르게 늘고 있다고 하던데 다나 때문인가?"

"예, 스승님. 다나는 그 누구보다도 열성적입니다. 다나가 최근에 재활에 성공하고 더욱 아름다워지지 않았습니까. 정신적으로도 육체적으로도."

나는 고개를 끄덕였다.

"다나는 교주님께 진심으로 감사하고 있습니다. 감명을 받고 많은 것을 깨달았다 합니다. 그녀는 과거의 그녀처럼 고통을 받고 있는 많은 친구들이 자신처럼 행복해지길 원하고 있습니다. 그렇지 않아도 스승님께 말씀드릴 것이 있었습니다."

"뭐지?"

"다나가 그녀의 재산을 모두 본교에 헌납하길 청합니다."

"권. 너는 그것을 어떻게 보고 있지?"

"다나가 스승님께 입은 은혜는 물질적으로 환산할 수 없습니다."

"그렇다면 너는 본교의 경전을 보지 않은 것이지."

"아닙니다. 저는 다만."

알렉스가 말꼬리를 흐렸다.

"나는 가진 모든 것을 내놓고 교에 집착하는 광신도를 원하질 않는다. 그것은 본교를 위해서라면 목숨도 바칠 수 있는 신념과는 다른 것이지. 본교로 인해 현재의 직업에 충실하여 많은 돈을 벌고 사랑에도 충실하여 행복한 가정을 이끌었으면 한다. 그것이 아니라면 본교가 다른 사이비 종교와 무엇이 다를까."

나는 계속 말했다.

"본교가 사실 달의 뒷면과 싸우기 위해 세상에 나왔지만, 교도들을 위하지 않는다면 그것은 교도들을 이용하는 것밖에 되지 않겠지. 본교는 교도들에게 행복을 줘야 한다. 그것을 원칙으로 삼고 지켜야 본교는 정체성을 잃지 않을 수 있다."

이 세상에 혈마교를 만들면서 내가 걱정하던 점이 바로 그것이다.

"스승님. 저는 궁금한 점이 있습니다. 일성의 신 회장이 그의 모든 것을 본교에 헌납한 점은 어떻게 됩니까."

"현재까지 받은 것은 그의 비자금뿐이다. 그러나 차후 그가 본교의 장로가 된다면 그때는 그가 헌납하는 것을 받을 수 있겠지. 그건 한 지도자로서 가져야 할 책임이니까."

제2장
신흥종교
혈마교

　그린 하트 동물 보호 협회의 자선 모금 행사가 또다시 열렸다.

　이번에는 다른 때와는 달리 영화 관계자를 대상으로 하는 비공개적 행사로 진행했다.

　단 이 주 만에 유명 배우, 뮤지션, 감독 등 할리우드 관계자들이 본교에 관심을 가지고 입교를 희망했기 때문이다.

　알렉스가 검문대를 맡기를 자청했다.

　입교 희망자 백인에 한해서만 초청장을 발부했고 그 외 기자나 파파라치 등은 절대 출입 불가였다.

영화인의 잔치라고 봐도 무색할 정도로 많은 영화계 유명 인사들이 한자리에 모였다.

모금 행사에 모인 사람들은 이곳에 자리한 모든 이들이 입교를 희망했다는 것을 눈치채지 못한 듯, 삼삼오오 모여 가십거리나 영화계 소식에 대해서 대화를 나누고 있었다.

나는 그 광경이 잘 보이는 2층 난간에 있었다. 팀과 알렉스가 집회 준비로 잠깐 자리를 비운 사이, 다나 샤론이 행사의 여주인공이 되어 있었다.

아름답고 멋진 사람들 속에서도 그녀는 빛을 발했다.

그녀의 친구들이 다나에게 귓속말을 하더니 그녀와 함께 홀 구석으로 이동했다.

나는 그녀와 그녀의 친구들이 나누는 대화에 귀를 기울였다.

"무척 긴장된다. 그치? 이렇게 떨리는 건 정말 오랜만이다."

"나도 그래. 우리를 위험한 곳으로 데려온 건 아니지? 다나."

"위험한 곳? 그런 생각이거든 지금 당장 돌아가. 너희들 말고도 나와 이곳에 같이 있고 싶어 하는 사람들은 얼마든지 있어. 나는 너희들을 생각해서, 내 어려운 시절에 옆을 지켜 줬던 너희들을 진심으로 위했을 뿐이야."

다나는 냉정하게 말했다.

"너희들도 알잖아. 약도 남자도 그 어느 것 하나 나를 행복하게 만들어 주지 못했어. 하지만 나는 지금 너무 행복해. 하루하루가 충만해."

"입교하려면 전기의자에 앉아야 하는 건 아니지? 아픈 건 못 참아."

"맙소사! 우리 본교는 사이언톨로지 같은 사이비가 아니야. 그런 사이비 따위는 내게 말하지도 마. 나는 그 사이비에 빠진 친구들이 안쓰러워."

"그…… 래?"

친구들은 아직까지 반신반의하고 있었다.

"그럼 이것만 묻고 더 이상은 의심하지 않을게. 다나. 너는 정말로 기적을 체험한 거야?"

"너희들도 곧 겪게 될 거야. 그때는 더 이상 나를 그런 눈들로 보지 못할 거야."

"그런 눈이라니."

"나를 부러워하고 궁금해하면서도 그보다 더 안쓰럽게 쳐다보는 거."

"아니야. 우리가 너를 그렇게 본다면 여기까지 왔겠어?"

"우리는 너를 믿어. 네가 이렇게 재활에 성공하리라고는 생각하지도 못했고, 또 이렇게 더 강해질 거라고는 더더욱 생각하지 못했어. 우리도 너를 따라 네가 믿는 것을 믿고 싶어."

"알았어, 그만해. 주의 사항을 다시 알려 줄 테니까……."

거기까지만 듣고 관심을 거뒀다.

팀이 다가와 모든 준비가 끝났다고 보고했다.

"알렉스가 경비를 보고 있습니다. 사부."

"시작하지."

"예."

팀은 1층에 있는 단상으로 향했다. 모든 조명이 꺼지고 단 한 줄기 라이트가 팀을 비췄다. 줄곧 가볍게 웃으면서 행사장에 모인 사람들과 인사를 나눴던 팀의 표정이 진지하게 변했다.

그는 자신도 모르게 기운을 발출하고 있었다.

"그린 하트 자선 모금 행사는 끝났습니다. 돌아가실 분은 지금 돌아가십시오."

공력이 담긴 그의 목소리에서 사람들을 끌어당기는 힘이 느껴졌다.

"돌아가실 분은 지금 돌아가셔야 합니다. 없습니까? 좋습니다. 이 자리에 모이신 분들은 모두 본교에 입교하고자 자청하신 분들입니다."

사람들은 놀라 눈으로 서로를 바라보았다. 이 모든 유명 인사들이 혈마교에 입교하겠다는 사람일 줄은 꿈에도 몰랐다는 얼굴들이다.

"다나 샤론."

팀의 부름에 다나가 드레스 자락을 손에 쥐고 단상 위로 올랐다.

"세상에는 많은 믿음이 있습니다. 저 또한 수많은 것을 믿고 존경심을 가져 왔습니다. 하지만 언제나 제게 돌아오는 것은 고통이었습니다. 여러분들은 저를 잘 아시죠. 제가 그동안 어떤 삶을 살아왔는지, 얼마나 고통스러워했는지 말이죠. 여러분 중에는 이런 제 모습에 실망하는 사람도 있을 겁니다. 그분들은 이제 알 거예요. 더 이상 나와 자지 못한다는 걸, 더 이상은 나에게 약을 권할 수 없다는 것을요."

무거운 분위기 속에서 하하거리는 작은 웃음소리가 새어나왔다.

다나는 예쁘게 웃었다.

"수없이 가지고 다시 버리길 반복하던 믿음 중에서 그래도 저는 한 가지 믿음만은 고수했어요. 친구들, 바로 여러분들에 대한 믿음이죠. 제가 고통스러운 삶을 살면서도 스스로 목숨을 끊지 않은 힘은 여러분들에게 있었어요. 하지만 여전히 고통스러웠죠. 그러다 어느 날 제게 광명이 비췄어요. 그것은 너무 충만하고 지금껏 제가 경험하지 못한 힘이었어요. 저는 그렇게 우연히 힘을 얻었답니다. 여러분도 그 충만한 힘 속에서 저와 같은 행복을 얻으셨으면 합니다. 제 이야기는 여기까지입니다. 저는 지금 행복합니다."

또르르.

마지막 말을 마치는 순간 다나의 눈에서 굵은 눈물 한 줄기가 흘러내렸다.

다나는 몸을 돌려 2층 난간에 서 있는 나를 향해 숙연하게 고개를 숙였다.

청중들이 일제히 내 쪽을 바라봤지만 그들은 어둠 속에 있는 나를 보지 못했다.

역용한 얼굴 위에 붉은 가면을 쓴 나는 양손바닥 위에 공력을 집결시켰다.

붉은색 구가 떠오르더니 점점 커져 성인 남성의 얼굴만큼 커졌다. 거기서 발출된 붉은빛이 사방으로 퍼지며 내 모습을 사람들에게 비췄다.

팟!

내가 공력을 터트리자 사방이 붉게 물들었다. 마치 붉은 연기가 퍼진 듯 시야가 온통 붉어지자 사람들이 눈을 비비고 주위를 두리번거렸다.

허공을 걸었다.

한 계단.

두 계단.

계단을 밟듯 허공에서 걸어 내려와 1층 단상에 우뚝 섰다.

"교주님을 뵈옵니다!"

다나와 팀이 동시에 소리치며 그 자리에서 무릎을 꿇었다.

사람들은 혼이 나간 듯 멍하니 서 있었다.

그들은 사방에 퍼져 있는 내 공력을, 내 힘을 느끼고 있었다.

공력을 움직여 사람들의 어깨를 지그시 눌렀다.

"아아……."

그러자 사람들은 의지와는 상관없이 무릎을 꿇는 자신의 행동에 크게 놀라면서 눈을 몇 번이고 깜박거렸다.

팀이 자리에서 일어났다.

"교주님. 총 백이 명, 본교에 입교하길 희망하고 있습니다."

"부…… 부디…… 입…… 입교를, 허락하여 주세요."

주변의 기운에 짓눌린 다나는 힘을 짜내 힘들게 말했다.

- 좋다. 너희들 모두를 본교의 교도로서 받아들이니, 본교의 교리에 따라 청명한 정신을 얻어 고통과 악을 이겨 내고 삶을 되찾길 바란다.

모두에게 전음을 보냈다.

제 머릿속에서 울려 퍼지는 음성에 사람들은 혼란스러워하면서도 경이로움에 가득 찬 눈으로 나를 바라봤다.

"교…… 주님을…… 뵈옵니다."

힘을 짜내 말하는 목소리가 무리 속에서 들렸다.

그것을 시작으로 모두가 고개를 숙이고 입을 모았다.

"교주님을 뵈옵니다."

"교주님을 뵈옵니다."

혈마교는 할리우드 영화계를 중심으로 퍼지고 있었다.

내가 단상을 떠난 이후로도 두 시간에 걸쳐 집회는 계속됐다.

이번에 입교한 일백이 명의 교도가 차례로 단상에 올라와 자신을 소개하고 교에 헌신하겠다는 맹세를 한 뒤, 경전의 상권과 중권을 받았다.

경전 하권 배본은 시일을 두고 지켜본 뒤에 결정할 생각이다.

나는 다시 정(Jung)으로 돌아와 교도들 무리 속에서 그 과정을 지켜봤다. 모두의 소개가 끝난 뒤 알렉스가 교리에 대해서 설명하는 것으로 집회식을 마쳤다.

팟!

아트홀의 모든 조명이 일제히 켜졌다.

신비한 체험을 하고 상식을 뛰어넘는 광경을 목도한 사람들은 집회식 이전과는 다른 얼굴들로 변했다. 더 이상 눈에서 의심이나 불안이 보이지 않았다.

물론 만인의 행복을 위한다는 교리를 듣고도 위험한 곳에 발을 디딘 것이 아닌가 하고 겁을 먹은 사람들이 몇 있기는 했다.

그건 문제 될 게 아니었다.

시일이 지나고 본교를 경험할수록 그 오해가 자연스럽게 사라질 테니까.

"후……."

내 옆에서 몇 번이고 숨을 고르고 있는 남자의 이름은 잭하트다. 그는 꽤 인지도가 높은 록 그룹의 리더로 영화, 음악 작업에 많이 참여했던 인연으로 집회에 오게 됐다.

그가 문득 나를 쳐다보며 말했다.

"이봐. 정말 엄청 났지?"

나는 말없이 고개를 끄덕였다.

"여기 봐봐. 돋은 소름이 아직도 가시질 않아. 아아, 우리가 꿈을 꾼 건 아니지? 그런데 너는 소개 시간에서 보지 못했던 것 같은데."

"나는 저번 집회 때 입교했으니까. 오늘은 집회식 준비로

참여한 거고."

"어쨌든 놀라운 경험이었어. 그것은 결코 어떤 장치가 있었던 것도 아니었어. 마술 같은 게 아냐. 나는 느낄 수 있었어. 너도 그렇지?"

그가 환희에 가득 차서 말했다.

* * *

스타트 섬의 별장은 혈마교의 일을 도맡아 처리하는 본부 같은 역할을 담당했다.

별장 한편에 마련된 사무실 안에서는 리차드 청이 며칠째 틀어박혀 있었다. 그는 혈마교도들의 신상 정보를 관리하고 관련 자료를 수집하는 프로그램을 만들고 있는 중이었다.

그는 완벽주의자였다.

교도수가 십만이 되고 백만, 그리고 전 인류로 교세가 확장된다고 해도 다시 손보지 않아도 될 만한 프로그램을 처음부터 만들어 두기 위해 며칠 밤낮을 새고 있었다.

그러는 사이 일이 터졌다.

화가 잔뜩 난 얼굴로 서재에 들어온 그가 프린트한 오늘자 기사를 내게 건넸다.

할리우드 관련 소식만을 다루는 조그마한 일간지의 기사

였다.

하지만 우리에게 시사하는 바가 컸다.

신흥 종교에 빠져드는 할리우드

할리우드가 신흥 종교로 인해 몸살을 앓고 있다. 톰 크루즈와 케이티 홈즈의 이혼으로 최근 들어 대두되고 있는 사이언톨로지교는 과학 기술을 통해 인간의 정신을 확장하여 정신을 치료하고 죽지 않는 육체를 얻을 수 있다는 신흥 종교이다.

많은 할리우드의 유명 연예인들이 신도로 있으며, 그들의 전도와 사회 활동으로 인해 전 세계적으로 일반인 신도들이 800만 명이상으로 늘어났다. 이 신흥 종교의 국제적인 영향력이 점차 커짐에 따라 많은 의혹들이 제기되고 있으며 실제로 독일 정부에서는 1997년도 이후로도 이 신흥 종교를 친나치, 전체주의 성향을 가진 종교로 규정하여 불법화하고 활동을 규제하고 있다.

그런데 최근 할리우드에 이와 비슷한 신흥 종교가 출현했으며 많은 연예인들이 빠져들고 있다. 혈마교(Blood devil religion)라고 불리는 이 신흥 종교는 이름과는 달리 악마를 숭배하는 악마숭배 집단은 아닌 것으로 밝혀졌다.

청명한 정신을 가진 인간이 사회의 제반 문제를 해결할 수 있다고 믿는 이 신흥 종교는 사이언톨로지교와 여러모로 비슷하지만 결정적인 차이가 있다. 사이언톨로지교는 신과 같은 초월적인 존재를 부정하지만 혈마교에서는 살아 있는 신이라 자처하는 교주를 믿는다는 것이 그렇다.

실제로 이 신흥 종교에 입교한 유명 연예인의 말에 따르면 기적을 직접 체험했으며 교의 교리에 따라 청명한 정신을 얻어 더욱 건강해졌다고 한다. 그러나 사이언톨로지교의 수많은 신도들이 E-머신을 통해 여러 업무를 원활히 처리하고 건강이 좋아졌다고 하는 말과 다르지 않다.

현재 사이언톨로지는 각국에서 여러 불법 행위 혐의로 조사를 받고 있다. 이와 비슷한 신흥 종교 혈마교 또한 그 신도가 하루가 다르게 늘어나고 있고 영향력이 커지고 있음에 따라 세간의 각별한 주의가 필요하다.

기사를 전부 읽고서 가만히 리차드 청을 바라봤다. 그가 그동안 서재에 틀어박혀 밤을 지새우고 있었던 것도 이런 일을 막기 위해서였다.

그런데 그의 일이 완성되기도 전에 사건이 먼저 터졌다.

우리의 예상보다도 훨씬 빨랐다.

"시간이 조금만 더 있었다면 이런 일은 일어나지 않았을 것입니다. 작은 일간지에서 다뤄진 것이라 파장이 크지는 않습니다만."

"혈마교는 지금 시작했다. 시작할 때는 조그마한 것 하나라도 조심해야 하는데 본교가 기사화됐다. 웬만하면 본교가 자리 잡기 전에 그자들의 눈에 띄어서는 안 돼."

"알고 있습니다. 교주."

로스엔젤리스 일간지에서 이 기사에 관심을 가지면 내일 로스엔젤리스 일간지 연예면에 본교가 실리게 된다.

그리고 그 기사를 캘리포니아 주 신문에서 관심을 가지면 캘리포니아 전 지역으로, 그것이 뉴스 케이블의 눈에 띄면 미국 전역으로, 그것이 CNN이나 FOX로 이어져 나가면 전 세계로 알려진다.

혈마교는 현재까지는 지역 일간지에나 잠깐 실리고 말 신흥 종교에 불과하다.

일성의 신 회장이 입교한 사실이 알려지면 전 세계의 특종이 될 테지만 말이다.

그러니 보안이 생명이다.

그런데 우리가 보안을 강화하는 과정에서 빈틈을 놓친 것이다.

"본교의 교도들은 모두 맹세를 했다. 헌데 이를 저버리고 기사거리로 내던진 교도가 있다."

바로 이런 일 때문에 혈마교 집회에서는 교도들이 핸드폰을 비롯한 일체 전자 기기를 지니지 못하게 했다.

"조사한 즉시 곧바로 보고드리겠습니다. 교주."

리차드 청이 나가고 얼마 후, 할리우드에 있던 알렉스가 급히 나를 찾아왔다.

"스승님. 그 일은 제게 맡겨 주십시오."

"이것 말이군."

기사가 프린트 된 종이를 툭툭 건드렸다.

알렉스가 그것을 힐끔 쳐다보더니 눈썹을 찌푸렸다. 겉으로 드러내진 않고 있지만 속으로 몹시 분개하고 있다는 게 느껴졌다.

"예, 스승님. 언제고 한번 말씀드리려고 했었습니다만 기회가 닿지 않았습니다. 그런데 그때가 지금인 것 같습니다."

"말해 봐라."

"스승님께서 그동안 세상에 모습을 드러내지 않으신 이유는 제자가 잘 알고 있습니다. 세상의 혼란을 걱정하는 것이 아닙니까."

나는 고개를 끄덕였다.

"하지만 스승님께서는 이제 본교를 창시하시고, 어쩔 수 없이 교도들 앞에 나서실 수밖에 없는 상황입니다. 많은 이들이 입교하고 있다고 들었습니다. 그리고 그 수가 빠르게 늘고 있고요."

"그래."

"이런 일은……."

기사를 바라보는 알렉스의 눈에서 싸늘한 기운이 뻗쳤다.

요즘 들어 부쩍 느끼는 것이지만 알렉스와 팀의 무공이 나날이 늘고 있었다.

"또다시 일어날 것입니다."

"배교도(背敎徒)는 언제고 있는 법이다."

"스승님. 본교는 다른 종교와는 다릅니다. 스승님께서는 실존하는 신입니다. 스승님의 존재가 세상에 알려진다면 세상에 미칠 파급력은 상상조차 되지 않습니다. 스승님께서 그간 우려하셨던 그 일 말입니다."

"그래."

"스승님께서, 그리고 본교가 준비되기 전까지는 우리는 좀 더 비밀스러워질 필요가 있습니다. 그리고 무엇보다도 그 비밀을 유지할 수호자가 필요합니다. 제가 하겠습니다. 제게 맡겨 주십시오."

그가 계속 말했다.

"누군가는 해야 할 일입니다. 하지만 팀은 하지 못합니다. 저라면 언제든 준비가 되어 있습니다, 스승님."

그가 무슨 말을 하고 있는지 이해가 된다. 결코 팀을 험담하는 게 아니었다.

그는 가치관과 성격을 말하고 있었다. 유순한 팀과는 달

신흥 종교 혈마교 57

리 알렉스는 표정 없는 얼굴 뒤에 활활 타오르는 불을 품고 있다.

그는 과감하다.

목표를 정했다면 그 목표를 달성하기 위해 수단과 방법을 가리지 않을 타입이다.

"생각해 보겠다."

알렉스가 말하는 수호자는 결국 저쪽 세상에서 대행혈마단이나 촌각살마단의 역할과 비슷했다.

혈마교를 배반하거나 비밀을 중원에 누설한 이는 기필코 쫓아가서 죽이는 게 촌각살마단이고, 그것이 세력이라면 대행혈마단이 출동했다.

그러나 저쪽 세상은 전시(戰時)라고 해도 무색하지 않을 세상인 반면, 이쪽 세상은 냉전 시대가 끝난 이후 나름대로 평화의 시대라 할 수 있었다.

평화의 세대에서 살아온 알렉스가 작금의 윤리에서 벗어나 촌각살마단이나 대행혈마단이 될 수 있을까.

"스승님. 저는…… 그렇습니다. 스승님께서 이 세상에 모습을 드러내시는 날을 고대합니다. 세상은 더 좋아질 겁니다. 전 인류가 스승님과 본교의 이름으로 하나가 될 것 입니다. 저는 자신 있습니다. 정말입니다. 수호자든 청소부든 어떤 이름으로 불려도 상관없습니다. 제게 맡겨만 주십시오."

"알았다. 곧 너를 부르지."

"스승님께서 창시하신 본교는 호기심으로 가볍게 문을 두드릴 곳이 아닙니다. 제가 그 점을 깨닫게 만들어 주겠습니다. 감사합니다. 스승님."

* * *

교도수가 짧은 시일 내에 오백 명을 넘겼다.

그들 모두가 할리우드 유명 연예인과 관계자라는 사실이 중요했다.

연예인은 정치인과 친하고, 정치인은 기업가와 친하다.

실제로 최근 들어 하원 의원 몇이 본교에 긍정적인 관심을 가지고 기웃거리고 있었다.

하지만 그렇게 기웃거리는 이들에게 교는 의미가 없다.

그저 새로운 사교장일 따름이다. 그들의 관심을 끄는 것보다 선행되어야 할 일인 조직의 확립에 집중하기로 했다.

본교는 알렉스가 말했던 것처럼 보다 밀교(密敎)화될 필요가 있었다.

그자들과의 전쟁에서 이기기 전까지는 말이다.

교도수가 하루가 달리 빠르게 늘어 가고 있고, 기사화된 사건처럼 그에 따라 수반되는 문제도 발생하고 있기 때문에 조직의 확립을 더욱 서둘러야 한다.

저쪽 세상의 혈마교는 오 장로 아래 팔단(八團)이 있고, 그 아래 오문(五門)과 오당(五堂)이 있었다. 이른바 사귀사마팔단과 혈마오문, 그리고 혈마오당이다. 정확히는 다음과 같다.

사귀사마팔단
암살의 촌각살귀단, 촌각살마단
파괴의 대행혈귀단, 대행혈마단
추적의 영귀단, 영마단
계략의 대뇌귀단, 대뇌마단.

혈마오문
독의 만악독문
법의 지천무문
진법과 사술의 혼심사문
정보의 전세지문
정치의 치혈마문

혈마오당
도서의 천서수당

본교 관리의 내당
외교의 외당
의술의 무고강마당
보물의 보연당

 저쪽 세상의 혈마교 조직은 철저히 저쪽 세상의 시대상과 혈마교의 교세를 반영하고 있는 것이라서 그대로 가져오기에는 무리가 있었다.
 우선 사귀사마팔단을 보자면 모두가 분쟁 해결과 전쟁을 위한 것이다. 그리고 저쪽 세상에서 독은 치명적인 무기였기 때문에 이를 중하게 여겨 혈마오문에서 만약독문이 이를 따로 담당하고 있었고, 같은 의미로 진법과 사술을 담당하는 혼심사문 역시 그랬다.
 그리고 백만이 넘는 교도들을 가진 교세로 인해 교법이 따로 제정되어 있었는데 이를 지천무문이 담당했다. 다스리고 있는 십시(十市)의 내정을 위해 치혈마문이 있었다.
 혈마오당 또한 본교의 거대한 규모에 맡게 꾸려져 있었다.
 그러나 이쪽 세상에는 이쪽 세상의 시대상과 교세(敎勢)에 맞는 조직이 필요하다.
 최우선으로 정보를 꼽았다.

이쪽 세상에서 정보는 저쪽 세상에서 무공이 차지하는 비중 이상이다.

그다음으로 비밀이 새나 가지 않도록 할 예방과 새나 갔을 경우의 대책인 안보다.

인터넷, 모바일 등으로 인해 개방화된 사회에서 살아가는 교도들을 관리하는 것 또한 중요하며, 이 모든 것을 지탱할 자금 역시 마찬가지다.

이후로 마지막으로 꼽은 것이 교세를 유지하고 지킬 무력이다. 이 세상이 아무리 정보화 사회라고 하지만 옛날부터 현재에 이르기까지, 그리고 앞으로도 무력이 없는 세력은 빈 수레에 불과할 게다.

정보, 안보, 교도 관리, 자금, 그리고 무력.

머릿속에 조직도가 그려졌다.

정보는 리차드 청이, 안보는 알렉스가, 교도 관리는 팀이 그리고 자금은 신 회장이 담당하다.

그리고 무력은 내 직속에 둔다.

즉, 이쪽 세상의 혈마교는 그 네 명을 장로로 한 사장로(四長老) 체제로 간다.

그 넷을 별장으로 소집했다.

신 회장이 모든 일정을 파기하고 비밀리에 섬으로 왔다.

신 회장은 할리우드 일간지 사건에 대해서 모르고 있는 눈치였다.

"오셨습니까, 회장님."

"교주님. 이제는 저를 그렇게 부르지 마십시오. 저는 일개 교도에 불과합니다."

"그렇지 않아도 그 일로 회장님을 모셨습니다. 회장님께 존대하는 것도 오늘까지인 것 같습니다."

"예. 교주님."

"경전은 보셨습니까."

내 물음에 신 회장은 환하게 웃었다.

"많이 놀랐습니다. 정신이 깨끗해지는 게, 그렇게 수련을 하고 나니 한창때로 돌아가는 것 같았습니다."

"하지만 일시적이었겠지요. 하권은 그 정신을 유지하고 키우는 법이 담겨 있습니다."

"그렇습니까?"

신 회장이 기대에 찬 눈으로 말했다.

"여서 이러지 말고 우선 들어갑시다. 오늘 나눌 말이 많습니다."

"예."

별장에는 이미 셋이 일찍 도착해 신 회장을 기다리고 있었다. 각각 인사를 나누고 서재로 들어와 준비된 의자에 앉

앉다.

"내가 모두를 한자리에 부른 것은 본교에 조직에 대해 말하기 위해서다. 본교의 교세는 빠르게 확장되고 있으니, 이에 맞춰 본교의 조직을 확립하고 기강을 세워야겠다고 생각했다."

"예."

"신용운, 알렉스 산토르, 팀 모리슨 그리고 리차드 청을 본교의 장로로 임명하고 그에 맞는 책임을 지고 노력을 해야 할 것이다. 앞으로 일장로(1st presbyter) 신용운은 본교의 자금을 담당한다. 이장로(2st presbyter) 알렉스 산토르는 안보를 담당한다. 삼장로(3st presbyter) 팀 모리슨은 교도 관리를 담당한다. 사장로(4st presbyter) 리차드 청은 정보를 담당한다. 또한 장로들은 각각의 직분을 수행하기 위해 입교한 교도나 입교할 교도를 아래에 두고 세부 조직을 조직할 수 있으며 각각의 장을 임명하고 권한을 부여할 수 있다."

거기까지 말하고 신용운에게로 시선을 돌렸다.

"일장로. 자금을 담당한다는 것은 세간의 눈을 피해 자금을 융통하고, 확충되는 교세에 맞게 자금을 키우며, 본교의 모든 자금의 출납을 관리하고 결정하는 일을 말한다."

"평생을 해 온 일입니다. 남은 일생 동안 교에 헌신하겠습니다."

"모든 자금의 출납을 관리하고 결정? 돈이야말로 권력의 상징이죠. 신 회장님 출세하셨습니다. 앞으로 잘 봐주세요."

팀이 우스갯소리를 내뱉다가 싸늘한 알렉스의 눈총을 받고 입을 다물었다.

"이장로 알렉스 산토르."

"예. 스승님."

"너는 네 일에 대해서 그 누구보다도 잘 알고 있다고 생각한다. 많은 각오와 준비가 되어 있어야 한다. 어쩔 수 없이 칼이 있어야 한다면, 그것은 바로 너다. 네가 본교의 칼이다."

굵직한 눈썹과 단단한 눈빛의 소유자인 알렉스 산토르.

나는 내 제자를 믿는다.

"삼장로 팀 모리슨."

"예. 사부님."

"본교의 교세가 세상 전역에 뻗치기 위해서는 그 무엇보다도 교도 관리가 중요하다. 누구를 입교시키고 누구를 돌려보낼 것인지, 교도들 중에 누가 본교를 배신하고 입을 가볍게 놀리는지, 집회를 어디에서 열 것이며 분교(分校)는 어디에 얼마나 어떻게 세울 것이고 누구를 장으로 임명할 것

신흥 종교 혈마교 65

인지, 그 모든 게 앞으로 네 권한이자 네 책임이다."

"예. 사부님."

팀은 그렇게 대답하고선 신 회장에게 '출세는 제가 한 것이군요.'라고 말했다.

"사장로 리차드 청."

"예. 교주님."

"너는 모든 정보를 수집하고 관리한다. 본교의 교도들, 언론, 달의 뒷면, 돈의 흐름 등 모든 분야에 걸친 정보를 수집할 뿐만 아니라 사이버 전쟁을 대비하고 실행에 옮긴다."

벽에 걸린 혈마교 문양을 가리켰다.

"앞으로 우리는 저 아래 하나다. 모두 해야 할 일을 들어서 알겠지만, 너희들이 해야 하는 일들은 모두 끈끈히 연계되어 있다. 해서 너희들의 소통이 원활해야만 하고, 혹 마찰이 있을 시에는 지체 말고 내게 말해 당사자 간에 원만히 해결할 수 있도록 다 같이 노력해야 한다."

모두들 진지한 얼굴로 내 말을 경청했다.

"현재 교도 수는 오백에 불과하지만 교세는 하루가 다르게 커져 가고 있다. 머지않아 본교가 얼마만큼 성장할지, 그 힘이 어디까지 이를지, 너희들도 알고 있을 것이다. 너희들은 오늘보다 내일, 내일보다 모래, 힘이 커지고 권한이 커지고 책임이 커질 것이다. 너희들의 마음가짐 하나하나가 앞으로의 세상을 만들 것이다. 너희들은 이 세상의 역사가 되고 있다. 이를 명심해라."

무겁게 떠진 눈들이 나를 향하고 있었다. 다들 내 말뜻을 이해하고 있었다.

앞으로 우리의 행보가 이 세상을 변화시킬 것이다. 우리는 명심하고 노력해야 한다.

"너희들이 거대해질지라도 초심을 잃지 말고 오늘을 기억해라."

* * *

거실에 조촐한 칵테일파티가 벌어졌다.

은은한 클래식 음악이 흐르는 와중에 넷의 웃음소리가 들린다.

넷은 죽이 잘 맞았다.

신 회장이 일성을 이끌면서 있었던 에피소드들을 이야기하면 리차드 청이 그에 관련됐던 일을 끄집어내 이야기를 키우고 팀이 유머러스한 발언으로 웃음을 만들고 알렉스는 그 이야기들을 경청하다가 새로운 화제를 던져 이야기꽃을 피워 나갔다.

문득 눈이 마주친 팀에게 손짓했다.

팀이 칵테일 잔을 들고 와 내게 건넸다.

"앉아."

팀이 내 앞에 마주하고 앉았다.

"배교도가 있다."

"알고 있습니다. 사부님."

"그 일을 어떻게 보고 있지?"

"어떻게 보긴요. 무척 화가 나고 이해가 되지 않습니다. 누군지는 모르겠지만 들키지 않을 거라고 생각한 거였겠죠? 그런데 저는 다나 샤론이 열성적으로 교도들을 데리고 오기 때문에 벌어진 일이라고 생각합니다. 거를 자들은 걸러내야죠. 앞으로 전문적인 염탐꾼들도 많아질 겁니다."

"그게 앞으로 리차드의 도움을 받아 네가 할 일이 있다."

"예."

"교도는 앞으로 계속 늘어날 테지만 본교에는 아직 교도 간의 위계질서가 바로 서지 않았다. 처음이라 그런 거겠지. 그러니 더 커지기 전인 지금 확립되어야 한다. 다나 샤론과 같이 다른 교도들보다 더 열성적인 교도가 있을 것이니, 그들에게 본교가 무엇을 해 줄지 말이다."

"다른 조직들이 그렇듯 단계가 필요하죠."

"그 단계를 무엇으로 나누는 게 좋을까? 그걸 오늘부터 교도 관리를 맡고 있는 너와 의논하려 한다."

"헌납금이야말로 눈에 보이는 진심이지 않겠어요? 사부. 하지만 이것은 사부께서 원치 않는 일이란 걸 압니다. 그다음으로 연차가 되겠죠."

"연차가 쌓인다고 해서 그 사람이 진심이라는 것은 알 수 없지."

"교도들 모두가 진심이에요. 다들 기적을 체험했어요. 이번에 그 배교도는 미친 게 분명하지만."

"해서 말하는 거다. 내가 언제까지 모두의 앞에 설 수는 없다. 앞으로 입교 희망자가 늘고 분교도 생길 것이다. 사방 각 분교에서 여는 집회 때마다 내가 나타날 수는 없는 일이다."

팀이 고개를 끄덕였다.

"사부님을 뵐 수 있는 교도는 한정되어야 합니다. 진실된 교도들만이 사부님을 뵐 수 있는 특권이 있고, 교도들은 그걸 위해 교에 헌신을 할 겁니다. 그리고 그 과정이 바로 계단식이란 거죠. 혹시……"

"말해 봐라."

"시험이 있으면 좋겠습니다. 본교의 교리에 따라 수련을 꾸준히 한 사람만이 통과할 수 있는 시험. 그런 게 있을까요?"

"청명한 정신을 유지하고 축기를 하면 기운이 생긴다."

내공심법의 입문이라 할 수 있는 음양심법으로도 축기는 가능하지만 오랜 시간을 수련해도 한계가 있으며, 그 한계치에 달해도 상승내공심법에 비하면 축기량이 매우 미약하다.

하지만 그것만으로도 이 세상에선 충분하다고 생각한다.

"너는 그 기운을 감지할 수 있다. 진즉에 알고 있었을 텐데?"

"알렉스에게서 느꼈습니다!"

팀이 바로 그것이야, 하는 얼굴로 말했다.

"하지만 축기를 하려면 경전 하권을 익히고 오랫동안 수련해야 한다. 내가 직접 가르친 너희들과는 달리 그들은 오랜 시간이 걸릴 것이다. 그 기운이 느껴질 정도라면 적어도 정확한 방법으로 삼 년은 수련해야 하겠지."

"최소 그 정도는 진심을 다해야 신을 영접할 자격이 있다고 할 수 있죠."

팀이 매우 당연하다는 듯이 말했다.

"사부. 제 생각은 이래요. 신입 교도에게는 지금과 같이 경전 상권과 중권을 배본하고, 일 년이 지나면 장로의 개별 면담을 통해 하권을 배본합니다. 그리고 삼 년 후에 그들을 모두 한곳에 모은다면 꾸준히 수련한 교도를 선별할 수 있겠죠. 교세가 확장된 후에는 장로들이 일일이 일 년차 교도 전부를 개별 면담할 수 없으니 교도들이 소속된 분교장들이 하는 것으로 대체하고요."

"그렇게 하지. 하면 그 등급은 대교, 중교, 소교라고 부르도록 하지."

"예. 그런데 사부님. 그 배신자는 어떻게 처리하실 생각이죠?"

잠깐의 칵테일파티가 끝난 후 리차드 청은 곧바로 조사에 착수했다.

오래 걸리지 않았다.

리차드는 기사를 작성했던 저널리스트의 이메일과 핸드폰 문자, 그리고 통화 기록을 살펴보고서 어제 브루클린 11번가에서 미팅이 있었다는 것을 알아냈다. 그리고 그 조사 결과는 11번가에 설치된 시 소유의 방범 카메라에 나타났다.

리차드는 내게 정지된 방범 카메라 영상을 보여 줬다.

한 여성과 남성이 악수를 하는 장면이었다.

여성이 저널리스트고 남성이 배교도다.

리차드가 노트북에서 입교자 명단 프로그램을 실행해 한 남성의 프로필을 띄웠다.

"안톤 산토니오, 바로 이자입니다. 알렉스에게 알려 주겠습니다."

"아니."

"예? 이런 일을 담당하게 된 게 알렉스가 아니었습니까?"

"더러운 일이다. 알렉스는 차후에 있을 일부터 맡는다. 이 더러운 일, 제자보다 먼저 내 손을 더럽히는 게 맞겠지."

"알겠습니다. 알렉스에게는 뭐라고 말할까요? 조사 결과를 기다리고 있습니다."

"그에게는 내가 직접 말하겠다. 그런데 앞으로 네게는 많은 사람이 필요하겠군. 수많은 작업들을 혼자 할 수는 없으니까."

"구인 광고를 낼 수 있는 일도 아니라서…… 하지만 방법을 찾고 있습니다."

"아마도 우리는 엄청난 일을 저지른 것 같군. 그렇지?"

"교주님께서 그렇게 말씀하셨습니다. 기억 안 나십니까. 우리는 역사를 만들고 있습니다. 그런 것입니다. 교주님."

리차드가 나를 보며 빙그레 웃었다.

* * *

기억의 한 부분만 떼어 내 지우는 법은 알지 못한다. 그런 사술은 혼심사문에서도 들어 본 적이 없었다.

그러나 기억을 완전히 말소시키는 법은 안다.

사람을 백치로 만들어 버리는 방법은 여러 가지가 있다.

물리적인 방법만 해도 열 가지가 넘고, 이 세상의 약물로도 얼마든지 가능하다.

한순간의 잘못된 선택으로 받는 책임치고는 가혹하다고 항변할지도 모른다. 그러나 본교에 한 맹세는 절대적이다.

이번에는 알렉스의 뜻처럼 살인멸구(殺人滅口)를 하진 않겠지만, 그의 과오를 봐 놓고도 똑같은 일을 벌이는 교도가 있다면 그때는 피를 볼 수밖에 없다는 생각이 들었다.

안톤 산토니오가 거주하는 고급 펜트하우스는 근방에서도 임대료가 비싸기로 유명한 곳이다.

나는 어둠 속에 녹아들어서 창문으로 미끄러져 들어갔다.

코고는 소리가 거실 전체에 울리고 있었다.

세상 물정 모르고 잠들어 있는 그를 내려다보고 있노라니 절로 고개가 저어진다.

"안톤 산토니오."

나지막한 목소리로 그를 불렀다.

그의 눈이 번쩍 떠졌다.

그는 어둠 속에 서 있는 한 인형(人形)을 발견했다. 소스라치게 놀란 얼굴로 침대 옆으로 굴러떨어졌다. 그가 침대 밖으로 다시 모습을 드러냈을 때, 그의 손에는 총이 쥐어져 있었다.

침대 밑 부분에 권총을 감춰 뒀던 모양이다.

"내 지갑은 저기 있어. 다 가지고 조용히 꺼져. 신고는 하지 않을 테니까."

그가 어둠을 겨누며 말했다.

"다 가져가라니까?"

그가 신경질을 내면서 권총으로 탁자 위에 있는 그의 지갑을 가리켰다.

때마침 바람이 휘이익 하고 불어와 커튼을 날렸다. 새어 들어온 달빛이 내게로 쏟아졌다. 긴장과 두려움, 그리고 신경질로 혼잡해져 있던 그의 눈동자에 붉은 가면을 쓴 내 모습이 비췄다.

그의 동공이 확장됐다.

그가 쥐고 있는 권총이 확연하게 떨리기 시작했다.

"당신은……."

"나를 본 적이 있겠지.

"어떻게 여길. 왜 나를…… 가. 돌아가세요. 쏘…… 쏠 겁니다."

그는 한 손으로 쥐고 있던 권총을 두 손으로 고쳐 잡았다.

그런데 총구는 더 크게 흔들거렸다.

"당, 당신은 지금 주거 침입을 하고 있습니다. 경고…… 했습니다."

"너는 내게 맹세를 했었지. 교를 위해 목숨을 바치고 이를 어길 때에는 피로 책임을 지겠다고 했었다. 그런데 너는 본교를 배신했다."

내 목소리가 웅웅거리면서 메아리처럼 퍼져 나갔다.

쉬익.

그가 쥐고 있던 권총이 내 쪽으로 날아와 내 손에 쥐어졌다.

권총을 쳐다봤다.

사람들은 내게 그것이 아무런 위협이 되지 않는다는 것을 모른다. 내 신위를 직접 목격한 이마저도 그랬다.

그날 그가 본 것이 모두 연출이고 사기라고 생각하는 것일까.

내가 권총을 움켜쥐자 그것은 종잇장처럼 구겨졌다.

툭.

아무렇게 구겨진 권총이 바닥으로 떨어졌다.

그가 그것을 멍하니 쳐다보다가 황급히 무릎을 꿇었다.

"교주님…… 제발…… 제가 무슨 실수를 했는지 알고 있습니다. 잘못을…… 잘못을 깨달았습니다. 만회할 기회를 주십시오. 제발 살려만 주세요."

그가 아이처럼 울면서 사정했다.

그의 앞으로 다가가 정수리에 손을 올렸다.

내 손이 닿는 순간 그가 흠칫하면서 눈을 질끈 감았다.

그러다 무슨 생각이 들었는지 으아아악, 하고 고함을 지르면서 벌떡 일어났다.

그의 주먹이 내 안면을 향해 날아오는 게 보였다. 탄지의 수법으로 그를 점혈하자 그는 주먹을 휘두른 그 자세로 멈췄다.

입까지 막힌 그는 눈만 껌벅거리면서 나를 쳐다봤다.

그의 눈에는 온갖 감정이 뒤섞여 있었다. 그는 벼랑에 매달린 조난자 같아 보였고, 호랑이에 다리가 물린 원주민 같았고, 후회와 번뇌로 가득 찬 노인 같아 보이기도 했다.

그에게 연민이 일었다.

그러나 나는 곧바로 그 마음을 지워 버렸다.

본교를 위해서가 아니었다.

처리해야 할 대상에게 연민을 가지고 그것을 마음에 담아 둔다면 결국 상처 받는 건 내 자신이기 때문이다.

그의 얼굴을 향해 손을 뻗었다.

안 돼에에에!

그의 눈동자가 그렇게 절규했다.

더 이상 그 눈은 내게 어떠한 느낌도 주지 못했다.
손바닥으로 그의 얼굴을 덮었다.

제3장
새로운 사람들

 소형 화물선에서 수많은 화물 박스가 내려오기 시작했다. 그 양이 많고 어떤 것은 매우 커서 운송 업체에서는 지게차까지 사용했다.

 화물 박스에서 나온 것은 초대형 서버를 비롯한 컴퓨터 장비와 총합 이천만 달러에 육박하는 각종 위성 장치들로, 리차드 청은 이 전자 기기들이 미 당국의 추적을 피하고 본교가 하는 일을 더욱 원만하게 만들어 줄 것이라고 했다.

 리차드 청은 전문 기사들과 함께 삼 일간 숙식을 같이하면서 슈퍼컴퓨터와 위성 장치를 설치했다. 나사(NASA)의 우주 관측 시스템을 그대로 가져온 것 같은 거대한 그 시설은 별장 2층을 전부 차지하게 됐다.

나흘째.

리차드 청은 그 장치들을 사랑하는 애인을 바라보는 시선으로 바라보면서 몇 번이고 닦고 검사하며 최종 작업을 마무리하고 있었다.

얼마나 거기에 온 정신을 쏟고 있는지, 내가 바로 옆으로 다가가도 알아차리지 못했다.

"그만한 장비를 들여올 때에는 당국에 보고가 되지 않나?"

리차드가 흐뭇하게 짓고 있던 표정 그대로 나를 돌아보았다.

"아! 죄송합니다, 교주님. 오신 줄 몰랐습니다. 뭐라 말씀하셨죠?"

"그만한 장비를 들여올 때에는 당국에 보고가 되지 않냐고 물었었지."

장비에는 연구용이라고 기재돼 있었다.

그러나 실제 군사용으로도 사용가능한 슈퍼컴퓨터와 위성 장치를 정체불명의 단체가 이천만 달러 이상을 주고 구입한다는 것은 누가 봐도 꽤 수상한 일이다.

"네. 국영사업을 담당하는 업체는 그 기록을 보존하고 보고할 의무가 있습니다. 그런데 바로 보고되는 게 아니라 분기별로 처리하고 있는 것을 확인했습니다."

"그래서?"

"일주일 후, 장비 업체와 운송 업체의 서버 기록 모두 날아가게 될 겁니다. 복구하는 데만도 시간이 꽤 걸릴 테고, 설사 복구한다고 해도 그때는 이미 본교가 구입한 이 장비들은 러시아의 다국적 기업에 매각된 것으로 되어 있을 것입니다. 실제로 러시아의 다국적 기업이 최근에 장비를 매입한 일이 있어서, 그것을 토대로 장부를 조작해 놓았습니다."

리차드 청은 몹시 기분 좋은 목소리로 설명했다.

그리고 이 최신식 장비들에 대해서도 추가로 설명하기 시작했는데, 생소하고도 전문적인 내용들이어서 이해하기란 쉬운 일이 아니었다.

짝짝짝!

팀이 뒤에서 박수를 치면서 걸어왔다.

조금 전 들렸던 헬리콥터 소리의 주인공이 바로 그였다.

"할리우드 SF 세트장에 온 줄 알았어. 이게 다 뭐야, 리차드."

리차드 청이 그렇게 묻기를 기다렸다는 듯이 곧바로 입을 열려고 하자 팀이 집게손가락을 좌우로 흔들었다.

"됐습니다. 조나단 아처(TV드라마 스타트랙의 주인공 캐릭터, 우주 연합 함선인 엔터프라이즈호의 선장.) 선장님."

팀은 그렇게 말한 후에 내게 고개를 숙였다.

"프로그램은 완성됐어. 너도 이런 장비에 익숙해져야 돼."

리차드가 팀에게 말했다.

"어?"

"따라와."

리차드가 우리를 3층으로 안내했다. 정리되지 않은 회선 수십 가닥이 2층부터 이어져 있는 그곳에는 여러 대의 컴퓨터와 모니터가 텔레마케팅 사업 시설처럼 설치되어 있었다.

리차드는 팀에게 제일 상석을 가리켜 앉아 보라고 말했다.

팀이 의자에 앉아 의자가 얼마나 편안한지 확인하기 위해 몸을 앞뒤로 흔들었다.

그 모습을 보며 리차드는 불평스러운 얼굴로 입을 열었다.

"곧 전 교도들의 이메일, SNS, 핸드폰, 유선 전화에 이르는 모든 개인 정보에 대한 감시, 감청 시스템이 시작돼. 원한다면 언제든 DHS(Department of Homeland Security, 미국 국토안보부)에 등록된 미국 시민들의 신상 정보와 감청 정보를 볼 수도 있지."

팀은 잠깐 생각하는 듯하더니 오오, 하고 감탄사를 연발했다.

"어마어마한 불법 시스템이군요."

팀이 내게 장난스럽게 말했다.

"DHS의 시스템을 차용하고 있는 것뿐입니다."

"그게 무슨 말이야?"

리차드가 내게 한 설명에 팀이 반문했다.

"DHS는 9.11 이후로 모든 시민들을 사찰(査察)하고 있어. 보여 주지."

리차드는 팀이 비킨 자리에 앉아 컴퓨터를 켰다. 몇 가지 보안 절차를 걸쳐 부팅을 완료하고선 그가 만든 프로그램을 실행했다.

그의 설명대로라면 프로그램에는 DHS 상징이 박혀 있어야 하지만 혈마교 문양이 대신하고 있었다. 그는 거기에 대해서 자세히 설명했다.

요약하자면 그가 만든 프로그램은 DHS에서 관리하는 사찰 프로그램을 본교의 편의에 맞게 재프로그래밍한 것으로, 겉은 가벼운 프로그램처럼 보일지라도 실제로는 DHS의 위성 서버를 해킹하여 최고 관리자 권한을 획득한 것이라고 한다.

"DHS는 한 해에 백억 달러를 이 시스템을 유지하는 데 쓰고 있습니다."

그가 냉소를 띠었다.

그러고는 마우스를 움직이고 키보드를 쳤다.

"이렇게 하면 팀이 어제 누구와 어떤 대화를 나눴는지 들을 수 있습니다. 물론 연방 수사국에서도 이런 권한을 얻기 위해선 DHS의 허가가 떨어져야 합니다."

그가 나를 보고 말했다.

모니터에는 팀의 통화 목록과 시간이 떴고 어젯밤 11시에 있었던 30분간의 통화 기록 위에 마우스 커서를 올렸다.

"젠장, 그만. 이 자식을 멈춰 주세요. 사부님."

팀이 갑자기 끼어들었다.

우리는 의아한 얼굴로 팀을 바라봤다.

팀이 어쩔 수 없다는 듯이 말했다.

"알았어, 알았다고. 그 시간에 나는 폰섹스를 했어. 분당 십 달러나 지불하면서."

"큭."

리차드가 웃음을 삼켰다.

"이건…… 엿 같은 짓이야. 알아? 진짜 엿 같은 짓이라고."

팀은 진심으로 화를 냈다.

"이봐, 왜 내게 화를 내는 거야. 네 폰섹스를 감청하고 저장하고 있는 건 내가 아냐. 미 당국이지. 나도 네 징그러운 신음 소리 따윈 듣고 싶지 않아."

리차드는 이 상황이 무척 재미있는지 실실 웃으며 말했다.

팀이 내게 도와 달라는 눈빛을 보냈다.

"기록을 지울 수는 있습니다. 하지만 이 시스템의 어떤 것도 지워서도 추가해서도 안 됩니다. DHS에서 금방 알아챌 겁니다. 지금은 간신히 백도어를 유지하고 있는 상황이니까요."

"그럼 내 통화는……."

"그들이 지정한 특정 단어, 이를 테면 테러, 암살, 폭탄 같은 것을 말하지 않았다면 네 신음 소리는 육 개월 후에 자동 삭제돼."

"젠장!"

또 왜?

그런 마음으로 팀을 쳐다봤다.

"설마 '내 몸을 네 혓바닥으로 테러해 줘', '내 그것은 폭탄과도 같아. 너를 폭발시켜 버릴 거야.' 같은 말을 한 건 아니겠지?"

리차드가 놀리듯 말했다.

그러나 팀은 아무런 말이 없었다. 대신 그의 얼굴이 시뻘겋게 달아오르기 시작했다.

"어쩔 수 없어. 조만간 DHS의 조사관들이 네 신음 소리를 듣게 될 거야. 다음부턴 건전한 성생활을 해. 건전한."

리차드의 그 말에 나도 결국 웃음을 터트렸다.

태평양 바다에 붉은 노을이 깔렸을 때, 알렉스가 제트 보트를 몰고 섬으로 왔다.

오늘 팀에게 있었던 일을 알렉스에게 말해 줬다. 가만히 듣던 알렉스는 재미있어 하면서도, 팀이 최근에 무척 바빠 여자 만날 시간이 없다면서 오히려 불쌍하다는 반응을 보였다.

나도 공감했다.

"스승님. 그런데 여쭙고 싶은 일이 있습니다."

"말해 봐."

"제게 그 일을 맡기신다고 하지 않으셨습니까."

배교도 안톤 산토니오를 처리한 지 오 일째 되던 날이었다.

"어떻게 알았지?"

"안톤은 현재 LA의 정신병동에 있습니다. 그는 며칠 전에 갑자기 바보가 됐습니다. 그는 누구보다 건강한 남자였습니다. 운동을 좋아했고 체스같이 머리를 쓰는 것도 많이 좋아했었죠. 그런 그가 하루아침에 바보가 되니 많은 사람들이 놀랐습니다."

"그런데?"

"그는 죽어야 했습니다. 지금은 바보가 됐지만 인간의 앞날은 어떻게 될지 모르지 않습니까. 스승님께서 보여 주신 많은 것이 그러하듯이, 그에게도 설명할 수 없는 기적이 일어나 정신이 돌아올지도 모르는 일이지 않습니까."

"그런 일은 일어나지 않는다."

확신을 가지고 말했다.

"처음 생긴 배교도다. 내가 직접 처리하고 싶었다. 하지만 네게 약속했듯이 이제 비밀을 지키는 일은 앞으로 네 일이다."

"예. 스승님."

알렉스는 그것을 끝으로 안톤에 대한 이야기를 꺼내지 않았다.

"스승님께서 저번에 말씀하신 바를 생각해 봤습니다."

"어떤?"

"'장로들은 각각의 직분을 수행하기 위해 입교한 교도나 입교할 교도를 아래에 두고 세부 조직을 조직할 수 있으며 각각의 장을 임명하고 권한을 부여할 수 있다.'라고 하셨습니다."

"맞다."

"오늘 리차드와 팀의 사무실을 보고 제게도 그런 게 필요하다는 걸 깨달았습니다."

"그래."

"지금은 본교가 할리우드에 기반을 두고 있지만 결국에는 전 세계로 영향력이 커질 겁니다. 저에게도 힘이, 조직이 필요합니다. 스승님께서 허가하신다면……."

"이미 네게 그런 권한을 줬다. 네 일을 하기 위해서 할 수 있는 일을 해."

"예."

비로소 알렉스의 얼굴이 밝아졌다.

"계획한 바가 있나?"

"고아들을 후원하고 그 아이들을 위한 학교를 세울 생각입니다."

곰곰이 고민하다가 고개를 끄덕였다.

* * *

초여름에 접어들면서 기온이 부쩍 올라갔다.

특히 강렬한 햇볕이 내리쬐는 섬은 체감 온도가 더 높았다.

모니터를 들여다보고 있는 리차드와 교도들은 민소매로

갈아입고도 땀을 흘리고 있었다.

한 달 전.

열 명이 넘는 인원이 세계 각국에서 섬으로 들어왔다.

그들은 리차드가 십 년을 가까이 끌어 온 싸움을 도와줬던 친구들 중 한 무리였다. 그들의 컴퓨터 실력은 어떤 이들은 그룹으로, 누구는 솔로로서 그쪽 세계에서는 꽤 유명했다.

리차드에 대한 신뢰가 깊었던 그들은 서로들 상의한 끝에 혈마교에 입교했다.

그네들 중 한 명이 작업을 하다가 모니터에 비친 나를 알아차리고 고개를 돌렸다. 그가 건넨 가벼운 눈인사에 나도 가볍게 고개를 끄덕였다.

저택에서 나는 교도들에게 저택 일을 총괄하는 '정'으로 알려져 있다. 만일의 경우를 대비해서 정으로 활동할 때에도 교주로 변할 때와 마찬가지로 진짜 내 모습이 아닌 어느 아시아계 청년의 모습으로 역용을 해 뒀다.

그렇다.

교주의 정체를 아는 사람은 오로지 장로들뿐이다.

그것은 지금도 먼 미래에도 마찬가지일 것이다.

모두들 말을 붙이기 힘들 만큼 작업에 열중하고 있기 때문에 다시 계단으로 나왔다.

그때 계단에서 푸니타와 마주쳤다.

"오! 정(Jung)!"

푸니타는 나를 찾고 있었던 모양이다. 그녀는 흥분에 들떠 있었다.

얼굴에 행복이 가득했다.

나는 이유도 모른 채 기분이 좋아졌다.

"무슨 일이죠?"

"고마워요!"

처음에는 푸니타가 무슨 말을 하고 있는지 몰랐다. 그러다 문득 리차드에게 맡겼던 일이 떠올랐다.

"찾았습니까?"

"네! 전부요! 다행이에요. 너무 기뻐요"

멕시코 출신의 그녀는 특유의 스페니쉬식 영어 발음으로 몇 번이고 감사하다고 말했다. 우리는 식당으로 자리를 옮겼다.

그녀는 원래 다나 샤론의 가정부였다.

각종 중독 증상으로 피폐해진 삶을 살 때 다나 샤론은 하루에도 몇 번씩 가정부를 해고하고 고용하길 반복했었다.

그런데 푸니타만큼은 삼 년 넘게 해고되지 않았다.

다나 샤론의 말에 따르면 푸니타가 성격이 좋을 뿐만 아니라 의리가 있고 무엇보다도 입이 무거워 무척 마음에 들었다는 것이다.

다른 가정부들은 백 달러를 쥐여 주면 파파라치와 연예 기자들에게 온갖 이야기를 흘려 댔는데 그녀만큼은 그러질 않았다.

그런 그녀가 본교에 입교해 저택의 살림살이를 혼자서 도맡아 하길 두 달이 지났다.

"전부 찾았다고요?"

"네. 아버지, 어머니, 그리고 오빠와 동생들 모두요."

그녀는 잔뜩 들떠서 주먹 쥔 손을 부르르 떨었다.

"다행입니다. 진심으로 축하드려요. 정말 기쁘시겠습니다."

"그런데……."

"예. 말씀하세요. 푸니타."

"정과 상의할 일이 있어요."

"네."

말을 쉽게 열지 못하는 그녀의 손을 마주 잡고 나는 친근한 미소를 지었다.

"교도를 위해서라면 본교는 어떠한 지원도 아끼지 않습니다. 무엇이든 말씀하세요."

그녀가 꼭 쥐어진 내 손을 바라보다가 용기를 냈다.

"섬에 들어온 후로 모든 게 만족스러워요. 모든 걱정이 사라졌거든요. 남은 걱정마저도 교에서 해결해 준 지금 너무 행복해요."

"네."

"제가 큰 특혜를 받고 있는 걸 알아요."

그러면서 그녀가 품안에서 캘리포니아 주에서 발급한 사회 보장 카드를 꺼내 식탁 위에 올려놓았다. 그것을 바라보는 그녀의 눈동자에는 무한한 감정이 뒤섞여 있었다.

"교에서는 불법체류자인 저를 시민으로 만들어 줬어요. 언제고 이민국에 잡혀서 강제 추방되지 않을까, 그래서 다시는 가족들을 만날 수 없게 되는 건 아닐까, 그런 걱정을 안 하고 산 적이 없었어요. 제가 이런 말씀을 드려도 될까요. 이런 걸 감히 상의할 수 있을까요."

그녀가 눈물을 글썽거리고는 다시 입을 닫았다.

"푸니타는 가족분들을 섬으로 데려오고 싶으신 것이군요."

나는 차마 입을 열지 못하는 그녀를 대신해서 말했다.

"죄송해요……."

그녀는 시선을 떨어트렸다.

"지난 두 달간 보다시피 저택은 점점 교도들이 많아질 겁니다. 지금은 푸니타가 살림살이를 도맡아서 하고 있지만 앞으로는 혼자 하기 벅찰 겁니다. 사람이 필요하죠."

푸니타가 고개를 들고 나를 바라봤다.

"푸니타의 가족분들 역시 본교의 가족입니다. 푸니타가 바라는 소원이라면 푸니타의 가족들에게도 그것을 만들어 주겠습니다."

나는 푸니타가 꺼낸 사회 보장 카드를 가리켰다.

푸니타의 눈이 놀라움으로 가득 차서 화등잔만 해졌다. 이내 양손으로 입을 가린 그녀의 눈에서 눈물이 주르륵 흘러내렸고, 그것은 멈추지 않았다.

"푸니타."

"고마워요, 고마워요."

"나를 봐요, 푸니타."

그녀가 우는 얼굴 그대로 나를 똑바로 쳐다봤다.

"하지만 섬에는 교도만 들어올 수 있습니다. 이것 또한 알죠? 푸니타는 본교의 교도입니다. 가족분들을 추천할 수 있죠. 하지만 푸니타는 본교의 교도로서 가족분들이 본교에서 믿음을 가지고 행복을 찾을 수 있는지, 그리고 책임을 지고 맹세를 지킬 수 있는지 이성적으로 생각하고 판단을 내려야 합니다."

"네."

"본교는 호기심에, 일자리를 얻기 위해 오는 곳이 아닙니다."

내가 마지막에 힘을 줘서 말하자 그녀는 반사적으로 고개를 끄덕였다.

그녀의 사정을 모르는 바가 아니었다.

미국에서 사는 멕시칸 불법 체류자들이 어떤 대접을 받고, 어떤 걱정거리를 달고 사는지 알고 있다.

거의 대부분의 불법 체류자들은 열악한 환경 속에서 낮은 임금을 받으면서 간신히 생계를 유지한다.

푸니타도 그랬다.

사실 불법 체류자들을 고용하는 것은 위법이기 때문에 다나 샤론 같은 공인은 절대 불법 체류자를 고용하지 않는다.

하지만 당시에 정신적으로 피폐했던 다나 샤론은 그런 것에 신경 쓸 정신이 없었다.

푸니타는 샤론의 가정부로 취직했고 이렇게 섬에 와서 결코 적지 않은 임금이 보장된 일자리와 혈마교라는 종교를 얻었다.

그녀는 운이 좋았다.

"흩어졌던 가족분들을 모두 찾아서 진심으로 기쁩니다. 이제 가족분들을 만나러 가세요. 십 년을 넘게 못 본 가족이지 않습니까."

십 년 전.

그녀와 그녀의 가족들은 다른 멕시코인들과 함께 브로커를 통해 국경선을 넘을 때 연방 출입국 관리국의 기습을 받아 모두 뿔뿔이 흩어졌었다.

"정, 본교의 은혜 절대 잊지 않을게요."

"저 또한 푸니타가 가족분들과 함께 이곳에서 지내면 좋겠습니다. 다녀와요."

그녀의 눈물을 닦아 주며 말했다.

그로부터 며칠 후였다.

푸니타가 가족들과 함께 본교로 돌아오고 있다는 연락을 받았다. 그날 오후에 거의 도착을 했다는 무전을 받고 선착장으로 나갔다.

선착장에 앉아 있던 두 남자가 나를 발견하고 어슬렁어슬렁 걸어왔다.

그 둘이 걸을 때마다 어깨에 맨 자동소총이 흔들거렸다.

둘은 이라크에서 봤던 용병들을 연상시켰다.

군복과 전술 재킷 대신 하와이안 셔츠와 기본 티셔츠, 그리고 반바지를 입고 있었지만, 고급 선글라스를 쓴 얼굴이 딱 그랬다.

실제로 둘은 아프리카, 아랍 등지에서 활동했고 최근에는 이라크에서 활동하던 용병이었다.

그 둘 역시 리차드가 말하던 '친구'였다.

"정!"

그 둘과 친해진 건 며칠 되지 않았다.

친해진 계기는 며칠 전 둘이 이라크에서 민간 군사 기업에 잠입해서 일하던 중에 있었던 에피소드를 이야기할 때였다.

나 역시 이라크 사정에 어둡지 않았기에 많은 대화를 나눌 수 있었다.

"마침 잘 왔어."

마이크가 말했다.

"알렉스 장로, 아니, 알렉스 장로님 말이야."

밀튼이 마이크에게 조용히 있으라는 눈치를 보낸 뒤 말했다.

"무슨 일이죠?"

"알렉스 장로가 본교의 교리에 따라 수련을 몇 년이나 한 거야?"

"무슨 일이 있었습니까?"

밀튼이 어물쩡거리며 대답하지 않자 마이크가 답답하다는 식으로 치고 나왔다.

"교주님께 말하진 않겠지?"

"교주님께서는 말하지 않아도 다 알고 계실 겁니다. 두 분 다 알고 있지 않습니까."

밀튼과 마이크가 '그렇겠지?' 하는 난감한 표정을 지었다.

"교주님께서는 이 세상 사람이 아니시니까. 어쨌든 어제 알렉스 장로님하고 일이 조금 있었거든."

"일이요?"

"조금 대들었지. 이놈이."

마이크가 밀튼을 턱짓해 가리켰다.

"네놈은?"

"너보다는 아니었지. 네가 알렉스 장로님에게 거들먹거리면서 그랬잖아. '경호 일은 우리가 장로님보다 더 잘 알겁니다. 신경 끄시고 지켜만 보세요.'라고."

"그러는 네놈은? '장로님. 현실은 영화가 아닙니다.'라면서 낄낄 웃었잖아."

"네가 장로님 앞에서 거들먹거리지만 않았어도 그런 일은 일어나지도 않았어."

"부추긴 게 누군데."

나는 옥신각신하는 둘을 번갈아 쳐다보다가 후, 하고 한숨을 뿜었다.

"두 분 다 그만해요. 무슨 일이 있었는지 알 것 같습니다. 그러니까 어제 두 분이 장로님께 항명했었다는 거 아닙니까?"

"쉿!"

마이크가 그렇게 말하며 주위를 두리번거렸다.

"항명이라니. 누가 들으면 우리가 교리를 어긴 줄 알겠어. 정(Jung)."

"그건 그러니까 리더와 부하 간의 조그마한 의견 충돌 같은 거였지. 자주 있는 일이잖아. 서로 의견을 말하는 도중에……."

둘이 차례로 말했다.

"그래서 어떻게 됐습니까?"

어떻게 돌아간 상황인지 눈치챘다.

이 둘은 리차드 청의 동료로 있다가 그의 소개로 본교에 입교해 섬에 들어왔다.

그리고 리차드 청이 둘을 알렉스에게 소개해 보안부에 배속되었다.

그런데 십여 년 넘게 전쟁 속에서 있던 그들의 눈에 할리우드 배우가 어떻게 보였겠는가? 거친 전장에서 떠돌던 둘은 필연적으로 알렉스를 그들의 리더로 인정하지 않았던 것 같다.

"알렉스 장로님, 사람이 아냐."

"어떻게 됐겠어. 그냥 깨졌지."

둘은 어제를 회상하며 씁쓸한 미소를 지었다.

알렉스가 둘을 힘으로 제압한 것이다.

"알렉스 장로님이 그러더라고. 이번 한 번은 묵과하지만 다음에는 교법에 따라 처벌하겠다고. 그런데 우리가 궁금한 건 그거야. 정, 대체 사람이 어떻게 그렇게 움직일 수 있고 그런 힘을 낼 수 있지? 저기."

마이크가 선착장 옆에 있는 바위를 가리켰다.

웬만한 성인 남성보다 큰 그 바위 중앙에는 큰 구멍이 뚫려 있었고 그 주위로 가닥가닥 금이 가 있었다.

바위는 툭 하고 건들면 바로 와르륵 무너져 내릴 것처럼 보였다.

"알렉스 장로님이 한 겁니까?"

둘이 그렇다고 대답하며 또다시 혀를 내둘렀다.

아마도 알렉스는 작정하고 둘에게 힘을 보여 줬던 모양이다.

잘한 일이다.

힘으로 제압해야 할 일이 있다면 능히 그 힘을 써야 한다.

이쪽 세상의 혈마교는 이제 막 출발했다.

불협화음은 초장에 없애고 질서를 세워야 함이 마땅하다.

"알렉스 장로님에 대해서 뭘 알고 있어? 정, 너도 창단 멤버라고 들었어."

"알렉스 장로님과 팀 장로님은 교주님을 섬긴 지 꽤 오래된 걸로 알고 있습니다만, 자세히 알지는 못합니다."

"너는? 정?"

"너도 많은 수련을 했어?"

웃음으로 그 대답을 넘어갔다.

"분명히 너도 수련을 많이 했어. 우리는 이제 알 수 있어. 본교에서 수련한 사람들이 어떤 눈을 하고 다니는지."

"우리도 알렉스 장로님처럼 될 수 있을까? 넌 알고 있지?"

둘이 차례대로 말했다.

"대집회에 대해서 듣지 않았습니까?"

"알지."

"본교의 경전에 나온 수련법에 따라 열심히 수련하여 대집회 때 그것을 인정받는다면…… 두 분도 기회를 얻을 수 있을 것입니다. 물론 그 전에 본교의 교리에 충실히 따라야죠. 두 분이 맡은 소임에 충실하시는 게 우선입니다."

"그런데 교주님은 언제 뵐 수 있어?"

"그날 집회가 꿈에서도 자주 나와. 마이크도 그렇고 나도 그렇고. 교주님을 다시 한 번 뵙고 싶어."

나 역시 알 수 없다는 의미로 어깨를 으쓱해 보였다.

"저는 그렇게 생각합니다. 교리에 충실히 따르고 있으면 다시 뵐 수 있을 거라고 말이죠. 아! 기다리던 분들이 오는 군요."

멀리서 허연 거품과 파도를 일으키며 제트 보트 두 대가 나타났다.

마이크와 밀튼은 먼 바다를 응시하며 총을 고쳐 맸다.

우리는 제트 보트가 선착하길 기다렸다가 가까이 다가갔다.

첫 번째 제트 보트에 타고 있던 푸니타가 내게 손을 흔들어 보였다. 햇볕을 품은 그녀의 얼굴은 그 어느 때보다 밝았다.

그녀는 조심히 보트에서 내려 우리에게 눈인사를 건넨 다음 보트에서 내리기 시작한 가족들의 손을 잡아 주었다.

한 명, 두 명······.

눈으로 센 그녀의 가족들 수는 무려 열다섯이었다.

아버지, 어머니, 오빠 셋과 아내 둘에 자식 셋, 자매 다섯.

그들은 자동화기로 무장한 밀튼과 마이크를 보고 서로의 손을 꼭 잡았다.

아직까지 그들의 눈에는 희망보다도 두려움이 더 크게 자리하고 있었다.

푸니타가 스페인어로 가족들에게 뭐라고 말하자, 그녀의 아버지가 우리에게 걸어와 모자를 벗으며 인사를 건넸다.

마찬가지로 스페인어였다.

"희망의 땅을 허락해 주셔서 감사하다고 말씀하시고 있어요."

푸니타가 옆에서 통역했다.

"잘 오셨습니다."

나 역시 간단한 스페인어로 화답하면서 환하게 웃었다.

그때 마이크와 밀튼이 앞으로 나왔다.

"푸니타. 우리는 해야 할 일을 해야 돼. 가족들에게 설명해."

마이크가 딱딱한 어조로 말했다.

푸니타는 알겠다고 대답한 뒤에 가족들에게 상황을 설명하기 시작했다.

컬럼비아 대학에서 학점을 위해 수강했던 초급 스페인어 실력으로 어림짐작해 보자면, 지금부터 두 남자가 몸과 짐을 검색할 텐데 놀라지 말고 잘 따라 달라는 당부의 말이었다.

그녀의 가족들이 가득 짊어지고 왔던 짐들을 땅에 내려놓았다.

마이크와 밀튼이 그것들을 검사했다.

가족들은 초조한 얼굴들로 푸니타와 계속 대화를 나눴고 푸니타는 그런 가족들을 안심시켰다.

짐 검사가 끝난 후 간단하게 가족들의 신체를 검사했다.

이 모든 검사는 총기나 카메라 같은 섬에 위협이 될 만한 것이 없는지를 확인하기 위한 것이다.

"오케이!"

마이크가 가족들에게 OK 신호를 보냈다.

비로소 가족들은 조금이나마 숨통이 트인 듯한 표정을 지었다.

푸니타의 안내에 따라 저택으로 이동하는 대가족의 뒷모습을 보면서 이 섬에 주거 시설을 추가로 지어야겠다고 생각했다.

뿐만 아니라 보안 시설도 더욱 확충하고, 내가 섬에 없을 때를 대비해서 무기도 들여야 한다.

푸니타가 걸음을 늦춰서 나를 기다렸다.

"고마워요, 정."

"푸니타의 가족분들이 많이 긴장하고 있는 것 같네요."

푸니타가 난감한 표정을 지었다.

"괜찮습니다. 이해합니다. 본교가 이상한 곳이 아니라는 것을 곧 다들 아시게 될 겁니다."

"그런데 아직 입교식을 치르지 않았어요."

새로운 사람들 105

"그건 뉴욕에 있을 다음 집회에서 다른 입교자들과 함께 하기로 하죠."

"예. 우리 가족들은 걱정 말아요. 다들 잘 적응하고 누구보다도 제일 본교에 헌신할 거예요. 우리 가족들은 많은 고통을 받은 사람들이에요……."

"해야 할 일이 많습니다. 저택뿐만이 아니라 섬 관리도 푸니타의 가족분들에게 맡겨도 되겠죠?"

"섬 관리요?"

"보세요. 저긴 아주 밀림이 되어 버렸죠."

저택 뒤편의 숲은 초여름에 접어들면서 밀림화되어 버렸다.

아무도 신경을 쓰지 않은 탓이다.

"정원도 가꾸고, 밀림이 되어 버린 숲도 쳐내고, 선착장과 헬기 착륙장 같은 시설들도 관리하고, 그리고 무엇보다도 저택 전반에 걸쳐 손이 갈 일이 많잖아요."

내 말에 푸니타가 가족들의 뒷모습을 보면서 빙그레 웃었다.

"그간 가족들이 어떻게 지냈는지 들었어요. 아버지는 정원사로, 큰 오빠는 배관공의 조수로, 작은 오빠는 텍사스의 거대 목장에서 일했어요. 그런 일들을 하면서 익힌 기술도 많대요. 그리고 자매들은 저처럼 가정부나 캐쉬어(cashier)

로 일했고요."

밀입국한 남미 사람들이 미국 땅에서 하는 일은 대게 정해져 있다.

푸니타가 밝게 말하고 있지만 나는 어쩐지 가슴이 쓸쓸했다.

"푸니타와 푸니타 가족분들을 믿고 섬과 저택을 맡기겠습니다. 임금은 푸니타에게 지급해 왔던 것처럼 지급하고."

내가 말을 다 끝마치기도 전에 푸니타가 두 손을 막 저었다.

"아녜요. 아녜요. 정. 임금은 필요 없어요. 이 섬에서 있는 걸로 충분해요. 우리 가족은 모두 본교에 헌신할 거예요. 거기에 전부다 동의했어요."

푸니타가 계속 말했다.

"본교에서 많은 걸 후원해 주실 거잖아요. 그것만으로도……"

언젠가 푸니타에게 말했다.

맡은 바 소임에 충실하면, 그녀가 진정 원하는 꿈을 본교가 후원할 것이라고 말이다.

학업을 원하면 대학 등록금을 전액 대 주고, 배우고 싶은 기술이 있다면 뛰어난 장인들이 운영하는 전문 기술 학원에 보내 준다고.

새로운 사람들 107

그녀는 가족들에게도 마찬가지의 후원이 돌아갈 것이라고 생각하고 있었다. 그리고 이 역시 푸니타가 섬을 떠나기 전에 내가 약속했던 일이기도 했다.

하지만.

임금은 그것들과는 성격 자체가 다르다.

"푸니타."

"네."

"본교의 경전을 보면 이런 말이 있습니다. '청명한 정신으로 맡은 바 소임에 충실해라, 그러면 많은 행복이 따를 것이고 너희의 행복이 곧 나와 본교를 향한 헌신이라 할 수 있다.' …… 알죠?"

"네."

"본교는 교도들이 가진 직업에 만족하고 충실하게 일해 사회에서 인정받길 원합니다. 그러면 자연스레 돈은 따라오게 되죠. 돈은 직분에 충실했다는 여러 상징 중의 하나입니다. 본교에서는 푸니타와 푸니타의 가족분들을 지켜보고 그에 맞는 임금을 지급할 겁니다. 더 많은 임금을 지급받도록 노력하고 이를 완성하는 길이 곧 본교에 헌신하는 겁니다."

나를 가만히 응시하고 있던 푸니타가 교리를 이해했는지 발그레해진 얼굴로 천천히 고개를 끄덕였다.

"원한다면 언제든 섬에서 나가도 됩니다. 물론 맹세는 지켜야겠죠. 섬에서 나가도 본교의 교리에 따라 어떤 일이든 열심히 하여 행복을 찾아가는 게 바로 헌신입니다."

"네네, 하지만 정을 떠나는 일은 없을 거예요……."

그녀가 부쩍 작아진 목소리로 말꼬리를 흐렸다.

"예?"

"저도 가족들도 이 섬을 떠나는 일은 없을 거예요, 정."

그녀가 내 시선을 피하며 대답했다.

제 4 장
다급한 메일

　미국뿐만 아니라 각 나라 정부들이 국민들의 이메일 및 핸드폰 등을 감시하고 감청한다는 사실을 안 이후로 인터넷이나 통신을 자제하고 있었다.
　그러나 가족들과 친구들의 소식이 궁금해 오랜만에 이메일에 접속했다.
　역시나 많은 메일이 와 있었다. 대부분이 영아에게서 온 메일인데, 넉 달 사이에 무려 열 통의 메일이 도착해 있었다.

　[오빠! 왜 이렇게 연락이 없어. 이거 보면 연락 줘. 빨리.]

[엄마한테 들었어. 전화는 했었다면서? 그런데 이메일은 확인 안 해? 오빠 전화번호 뭐야. 이거 보면 나한테 전화를 하던지 답멜 보내.]

[혹시나 하고 바다 언니한테 물어봤더니 바다 언니도 오빠 소식을 모른다네. 오빠 뭐 하고 다니는 거야? 답답해 죽겠어.]

짧은 메일들이 이어졌다.
그리고 제일 마지막 메일은 바로 삼 일 전에 수신된 것이었다.

[오빠! 시간 없어. 빨리!]

메일의 내용이 의미심장했다.
곧바로 보안 회선을 통해 영아에게 전화를 걸었다. 한국 시간으로는 오전 9시 반 정도로 영아가 학교에 있을 시간이다.
"여보세요."
영아가 속삭이는 목소리로 말했다.
"잘 있었어?"
"오빠?"

"메일 봤어. 무슨 일 있어?"

"잠깐만. 자리 좀 옮기고."

부스럭거리는 소리가 들렸고 잠시 후 영아가 대번에 커진 목소리로 말했다.

"오빠는 대체 사람이 어떻게 된 거야? 어째서 그동안 연락 한 번 없었던 거야?"

"많이 바빴다. 대체 무슨 일이야. 메일 보니까 급한 일 같던데."

"바다 언니도 얼마나 오빠 찾았는지 알아? 오빠, 너무 무심한 거 아냐? 아무리 내 오빠라지만 이거 완전 안 되겠네."

"바다 때문에 날 찾은 거야?"

바다를 생각하니 미안한 마음이 든다. 혈마교가 새롭게 시작하는 과정에 있어서 다른 곳에 마음을 둘 수가 없었다.

그래도 연락 한 번 주지 않았던 것에는 어떤 변명도 통하지 않으리라는 것을 잘 알고 있었다.

이번 일만 마무리되면······.

조금만 있으면······.

그러다 보니 어느새 넉 달이 지나고 말았다.

"그건 아니고."

"그럼?"

"이 주 남았어. 뭐가 이 주 남았는지 생각해 봐."

"이 주?"

"그래. 설마 이 주 후가 무슨 날인지도 까먹은 건 아니겠지?"

이 주 후라면 7월 2일이다.

7월 2일…… 7월 2일…….

"아!"

"이제 기억나나 봐?"

"부모님 결혼기념일."

"그래. 결혼기념일이야. 보니까 조금도 생각 안 하고 있었지?"

영아는 내가 대답하기도 전에 툴툴대면서 말을 이어 나갔다.

"그럴 줄 알았어. 이번이 엄마, 아빠 30주년 결혼기념일이야. 28주년도 아니고 29주년도 아니고 30주년이야, 30주년. 그래서 그 일로 오빠와 상의할 게 많았었는데 연락이 돼야 말이지. 대체 거기서 뭘 하길래 그렇게 연락이 안 돼? 메신저에도 안 들어오고 이메일도 확인도 안 하고. 어쨌든!"

"집에는 별일 없지?"

"……"

"왜?"

"아냐. 오빠 참 대단해서. 옛날엔 안 그랬던 것 같은데 요즘 이상하다? 거기서 따로 만나는 여자라도 있어? 바람난 거야?"

"그런 거 없어. 단지 조금 여유가 없었어. 미안하다. 내가 신경을 많이 쓰지 못했어."

"알았으면 지금부터라도 가족에게, 그리고 바다 언니한테 신경 좀 써. 내가 오빠를 그렇게 찾았던 건 다름이 아니라 이번 30주년 결혼기념일 때 엄마, 아빠 결혼식을 준비하고 있어."

"결혼식."

부모님은 결혼식을 치르지 않았다.

7월 2일이 결혼기념일이 된 것은 그때 혼인 신고를 올리고 그 날짜를 등재했기 때문이다.

그런데 그날로부터 삼십 년이 흐른 날, 영아가 부모님의 결혼식을 준비하고 있었다.

동생이 무척 기특했다.

"그래, 결혼식. 내 생각이 어때? 원래는 오빠와 같이 준비하려고 했었는데, 아, 또 화나네. 연락이 돼야 말이지. 나 혼자 다 알아보고 예약도 다 끝내 놨어. 내일 청첩장 돌릴 거야."

"네가 무슨 돈이 있어서?"

"그것도 오빠하고 상의하려고 했지. 바다 언니가 빌려 줬어."

"바다가?"

수화기에서 깊은 한숨 소리가 새어 나왔다.

"오빠. 나 두 달 전부터 일성 본사에 다녀. 그것도 모르고 있었지? 나 취직했어."

"미안하다. 학교 졸업했구나."

"그래! 멍청아! 내가 이런데 바다 언니는 오죽하겠어. 청첩장 이메일로 보낼 테니까 그날 참석할 수 있지? 못 한다고만 해 봐."

"꼭 참석할게. 내가 해야 했을 일인데 미안하게 됐다."

"됐고요. 엄마랑 아빠는 아직 모르니까 말하지 마. 청첩장 드리면서 내가 직접 놀래 줄 거야."

"그래."

"바다 언니도 그날 올 거야."

"그런데 결혼식은 어디서 해?"

"작은 성당에서 조촐하게 할 거야. 마음 같아선 호텔 같은데 잡고 싶었는데. 얘기하자면 길어. 뭐가 그렇게 비싼지…… 오빠!"

"응."

"꼭 올 수 있지?"

"무슨 일이 있던지 간에 꼭 가야지."

"안 오기만 해 봐."

"부모님 결혼식이야. 영아야, 꼭 갈게. 정말 미안하다."

"이메일 꼭꼭 확인해. 그럼 나 다시 들어가 봐야 해. 신입이 농땡이 깐다고 찍힐라."

"어서 들어가 봐. 아참, 내가 도와줄 건 없어? 돈은 안 부족해?"

"없어. 나 진짜 들어간다."

전화를 끊고 나는 그간 가족과 바다에게 무심했던 것을 반성했다.

생각이 난 김에 바다에게 전화를 걸어 봤지만 받지 않았다. 하는 수 없이 음성 사서함에 나의 근황과 사과의 뜻, 그리고 이 주 후에 결혼식장에서 보자는 메시지를 남겼다.

리차드 청을 불렀다.

"CIA는 요즘 어때?"

"여전히 저를 찾고 있습니다."

"다른 장로들은? 다른 장로들에게 한동안 미행이 끈질기게 붙었었다."

"지금은 괜찮습니다. 캐도 나오는 것이 없어 의심을 접은 것 같습니다."

"그렇다면 다행이군. 나는 이 주 후에 한국에 다녀와야겠어."

"좋은 일이시군요. 교주님."

리차드 청이 내 표정을 읽었다.

"부모님의 결혼식이 있어. 그간 결혼식을 올리지 못하고 혼인 신고만 하고 세월을 보내셨는데, 동생이 부모님의 결혼식을 준비했다더군."

기분이 좋아서일까.

나는 자세히 말했다.

리차드 청이 그런 내 모습이 의외라는 듯한 표정을 잠깐 짓더니 빙그레 웃었다.

"마음씨가 예쁜 동생이네요."

나는 고개만 한 번 끄덕였다.

리차드 청이 '동생'이라는 말을 꺼낼 때 그의 얼굴 위로 스쳐 지나갔던 슬픔을 눈치채지 못할 만큼, 나는 둔하지 않다.

"그럼, 이 주 후로 알고 있겠습니다."

*   *   *

결혼식 전날.

한국으로 가기 위해 짐을 챙겼다.

팀과 알렉스가 섬으로 들어왔다.

둘은 최근에 본교의 일 외에도 후속작 작업으로 바쁜 시간을 보내고 있었다. 그래서 이른 아침부터 헬리콥터를 타고 서둘러 섬으로 들어온 일은 꽤 의외였다.

"무슨 일이지?"

"스승님을 모시러 왔습니다."

"나를?"

"오늘 한국으로 가잖아요, 사부님."

알렉스와 팀이 말했다.

"내가 가족 일 때문에 한국으로 가는데 너희 둘은 왜?"

"저희도 스승님 부모님의 결혼식에 초대받았습니다."

"무슨 소리야?"

"사부님의 동생분께서 초대했어요."

"영아가?"

둘이 그렇다고 대답했다.

사건의 발단은 이랬다.

할렘가에서 거주할 당시 영아와 화상채팅을 하고 있을 때 팀과 알렉스가 온 적이 있었다. 그때 영아가 팀과 알렉스의 이메일 주소를 받았다고 한다.

영아가 둘에게 청첩장을 이메일로 보냈다는 말에 웃음이 나왔다.

"설마 너희들이 직접 올 거라고 생각을 했겠어? 단순히 호기심에 보냈거나, 아니면 단체 메일 발송으로 너희들도 들어가게 된 거겠지."

단체 메일 발송, 후자 쪽이 더 신빙성 있었다.

"호기심이나 실수, 둘 중에 하나니까 신경 쓸 필요 없다."

"아닙니다, 스승님. 평소에도 스승님 가족분들을 직접 뵙고 꼭 인사드리고 싶었습니다만 이렇게 좋은 기회가 생겼습니다."

"그래요, 사부님. 좋은 날, 많은 사람이 모여 축하하면 더 좋잖아요."

"부모님 결혼식이다. 가족들하고 지인들끼리 조촐하게 모여 축하드리고 싶지, 너희들이 오면 어떻게 될 줄 알잖아."

"들키지 않도록 조심하겠습니다."

"불편 끼치지 않을게요. 우리도 꼭 축하드리고 싶어서 그래요, 사부님."

"너희 둘은 동행하기에 너무 튀어."

"사부님. 우리 둘이 잘생긴 건 알지만, 우리의 진실된 마음을 알아주세요. 사부님의 부모님 두 분께 진심으로 축하드리고 싶어서 모든 스케줄을 다 연기하거나 중단하고 왔어요."

"예, 스승님, 저희들은 진심으로 축하드리고 싶습니다."

"그럼 너희들의 얼굴을 바꾸면 되겠군."

내가 그렇게 중얼거리자 가만히 듣고 있던 리차드 청의

두 눈이 주먹만 해졌다.

그는 옛날 기억이 떠오르는지 어깨를 부르르 떨었다. 리차드 청은 얼굴 따위쯤이야 얼마든지 바꿀 수 있다고 큰소리치는 팀을 보면서 피식 웃었다.

"팀? 얼굴을 바꾼다는 게 무슨 뜻인지 모르지? 마취가 되지 않은 채 얼굴 뼈 전체를 뽑고, 근육을 불로 지지고, 신경을 끊어 다시 잇는다는 말과 같지. 그 고통은 지옥과도 같아. 절대 잊을 수 없지. 아마 네가 겪어 본, 그리고 겪게 될 모든 고통 중에 최고일 거다. 아마 죽여 달라고 애원하게 될걸? 내가 그랬어."

리차드 청이 설명을 덧붙였다.

정말이에요?

팀이 그런 눈으로 나를 쳐다봤다.

"나를 따라오고 싶다면 너희 둘의 얼굴을 바꾸는 수밖에 없다. 왜 그런지는 너희들도 잘 알잖아."

팀이 곤란한 표정으로 알렉스를 힐끔 쳐다봤다.

알렉스가 비장하게 나섰다.

"어떤 고통이 따를지라도 괜찮습니다. 저희들은 진심입니다."

"자, 잠깐만."

팀이 당황하면서 알렉스를 말렸다.

* * *

여승무원들의 움직임이 분주해졌다.

아니나 다를까.

한 여승무원이 모자를 깊게 눌러쓴 채 잠을 청하고 있는 알렉스를 흘깃 쳐다보면서 스쳐 지나가고, 다른 여승무원은 이어폰을 꽂은 채 창밖의 하늘만 바라보고 있는 팀을 유심히 바라보고 있었다.

둘이 모자를 쓰고 선글라스를 쓰고 있어도, 둘의 얼굴은 너무도 잘 알려져 있었다. 결국 한 여승무원이 알렉스가 잠에서 깨길 기다렸다가 주변 사람들 몰래 사인을 받아 갔다.

알렉스가 난처한 얼굴로 나를 돌아봤다.

어쩔 수 없지.

그런 뜻으로 어깨를 으쓱해 보였지만 사실은 후회가 되었다. 마음이 약해 둘의 얼굴을 바꾸지 못한 것이 말이다.

한국에 도착한 우리는 호텔에서 하루를 보냈다.

호텔에서도 둘을 알아보는 이가 적지 않았다.

결국 기자들이 호텔 앞에서 장사진을 펼치기 이르렀다.

내가 창 커튼을 걷어 호텔 입구에 운집한 기자들을 팀에게 보여 줬다.

팀이 미안한 얼굴로 말했다.

"여장이라도 할까요?"

"죄송합니다, 스승님. 저희도 준비한다고 한 것이……."

둘이 말한 준비란 가발이었는데, 그것은 오히려 둘을 더욱 튀게 만들어 쓰지 못하게 됐다.

"아니다. 너희 둘이 없는 시간 쪼개서 먼 땅까지 왔는데, 그 정성이 갸륵하다."

"그렇죠?"

팀이 기다렸다는 듯이 말했다.

알렉스는 대번에 찌푸려진 내 얼굴을 보고 팀에게 눈총을 줬다.

"무슨 일이 있어도 사람들을 끌고 결혼식장에 가는 일은 없어야 한다."

문제는 이 둘이 선글라스를 껴도 가발을 써도 너무 눈에 띈다는 것이다. 할리우드의 유명 스타가 아니라고 해도 말이다.

더욱이 대낮부터 경공으로 도로를 질주할 수도 없는 노릇이지 않은가.

결국 나는 영아에게 SOS를 쳤다.

"오빠. 어디야?"

"한국. 어제 왔어."

"어제? 왜 집에 들어오지 않고?"

"친구들 하고 같이 왔어. 그런데 영아야. 나 데리러 올수 있어?"

"나 지금 우리 신부님 화장하는 거 기다리고 있거든요? 택시 타고 오면 되잖아. 식까지 세 시간 남았으니까 지하철 타도 충분하겠는데."

거기까지 들은 나는 다시 한 번 팀과 알렉스를 바라봤다.

배시시 웃는 팀과 무슨 생각을 하고 있는지 알 수 없는 알렉스, 둘이 내게 가볍게 고개를 숙였다.

"사정이 있어서."

"잠깐만."

수화기 너머로 '왜? 수정아. 아니, 그럴 필요까지는 없어.'라는 영아의 대화 소리가 들렸다.

"오빠?"

"어."

"내 친구가 오빠 데리러 간대. 오빠 친구들 많냐는데?"

"둘."

"그러니까 오빠까지 합쳐서 셋? 수정아, 오빠까지 셋인데 괜찮겠어? 오빠, 지금 거기 어디야."

"여기 인천 공항 쪽에 있는 하얏트 호텔."

"하얏트 호텔? 거기 오성 급이잖아. 오빠 억수로 부자인

갑네. 나중에 얘기하고 오빠, 수정이 알지? 학교 다닐 때 버스에서 자주 봤었는데. 기억나려나?"

"기억나."

교복 차림의 귀여운 소녀의 모습이 뇌리를 스치고 지나갔다.

"그런데 오빠, 핸드폰도 없잖아."

"로비에서 1301호 정진욱 씨 찾아왔다고 하고 인터폰 연결시켜 달라 하면 될 거야."

"알았어. 우리 수정이 가면 기름 가득 채워 주고 수고비도 챙겨 주고, 알아서 잘해. 다 커 가지고 데리러 오라니. 나 원 참. 사십 분 후쯤이면 도착할 거니까 늦장 피우지 말고. 끊는다."

툭.

얼굴이 화끈거렸다.

'다 너희들 때문이다.'라고 둘에게 쏘아붙이고 싶어도 우리 부모님을 만나면 한국어로 인사를 나누겠다며 교본을 보면서 어눌한 발음으로 서로 한국어 회화 연습을 하고 있는 모습에 허탈한 미소만 지어진다.

이윽고 인터폰이 울렸다.

"저······."

"수정이니?"

"예! 맞아요. 오빠."

흔들리던 목소리가 대번에 밝아졌다.

"지금 내려갈게. 어디에 주차했어?"

"지하 주차장 B구역 43번이요. 빨간색 마티즈예요. 차에 돌아가서 기다리면 되나요?"

"고맙다. 우리가 찾아갈게."

우리는 짐을 챙겨서 호텔 방에서 나왔다. 물론 호텔 직원에게 직원용 비상계단을 이용해서 주차장까지 가고 싶다는 양해를 일찍이 받아 둔 바 있었다.

관계자 외 출입 금지.

경고 팻말이 붙여진 문을 열고 들어가자 계단이 나타났다.

과연 B구역 43번에 빨간색 경차 한 대가 미등을 켠 채 서 있었다.

가까이 다가가서 운전석 유리창에 노크했다.

스르르.

유리창이 천천히 내려간다.

"수정이지?"

수정이는 학창 시절 때 봤던 그 앳된 모습이 아직도 남아 있었다.

"네…… 오빠. 오랜만이에요. 저 기억하세요?"

"많이 예뻐졌네. 여기까지 데리러 와 줘서 정말 고맙다."

수정이가 배시시 웃으면서 내 시선을 피했다.

팀과 알렉스에게 눈치를 보냈다.

"안녕하세요. "

팀과 알렉스가 창을 통해 수정이에게 한국어로 말했다.

"네…… 네, 안녕하세요."

당황한 수정이의 눈이 큼지막하게 커졌다.

나는 조수석에 탔고, 팀과 알렉스는 몸을 구기면서 뒷좌석에 탔다.

나는 또다시 고맙다고 말했다.

수정이는 어쩐지 나를 똑바로 쳐다보지 못하면서 안전벨트를 매며 대답했다.

"아녜요, 오빠. 그럼 출발할 게요."

차가 움직이기 시작했다. 막 지하 주차장에서 빠져나왔을 때 호텔 앞에 운집해 있는 많은 기자들과 방송용 차량들이 보였다.

"기자들이 많이 왔네요. 호텔에 유명한 사람이 왔나 봐요. 아까 전에는 많이 난처했어요. 오빠한테 인터폰을 연결해야 하는데 직원이 계속 연결시켜 주지 않으려고 해서요."

"그랬어?"

"네. 유명한 사람이 와서 그런지 다들 조심하는 것 같았어요. 그런데요. 오빠, 옛날에 저 못생겼었죠? 기억나세요?"

"기억나지. 그때도 지금처럼 무척 귀여웠었어."

"아, 아니에요……."

또다시 수정이의 뺨이 발그레해졌다.

"그런데 오빠 친구분들은 학교 친구들이에요?"

"뒤에?"

"예."

"학교 친구들은 아니야. 그런데 수정이도 알지 모르겠네. 어쩌면 알 수도 있겠어."

"네?"

"영화배우거든."

내가 그렇게 말하자 수정이가 백미러로 뒷좌석의 둘을 확인했다. 팀이 백미러를 향해 손을 가볍게 흔들며 웃어 보였다.

"오…… 빠?"

"응?"

"아니죠? 지금 제 차에 타고 있는 오빠 친구분들이 그 사람들 아니죠?"

"팀 모리슨하고 알렉스 산토르. 아마 네가 생각하는 그 사람들 맞을 거 같은데. 그런데 이 둘은 신경 쓰지 않아도……."

끼이이익.

차가 갑자기 급정지하는 바람에 몸이 앞으로 쏠렸다. 사이드미러를 확인해 보니 자칫 잘못했으면 뒤차와 사고가 날 뻔했었다.

중년 남성이 뒤차 운전석에서 내리면서 씩씩대는 게 보였다.

나는 조수석 문을 열고 나가 그 중년 남성에게 사과했다.

중년 남성은 큰 사고가 날 뻔했다면서 화를 쉽게 가라앉히질 못했다. 그는 부랴부랴 뛰어나온 수정이에게 훈계를 한 후 겨우 본인의 차로 돌아갔다.

"진작 이야기했어야 했는데 미안하다. 그렇게 놀랄 줄 몰랐다."

"아…… 아녜요. 영아가 오빠가 팀 모리슨, 알렉스 산토르와 친하다고 자랑한 적이 있긴 했었는데. 너무 놀랐어요."

"자, 들어가자."

다시 차로 돌아갔다.

수정이는 운전하면서 백미러를 힐끔힐끔 쳐다봤고 그때마다 팀은 팬들에게 보여 줬던 그 미소를 지어 댔다.

우리는 강북 도봉산 쪽에 있는 작은 성당 앞에 도착했다. 이미 수정이에게 연락을 받은 영아가 우리를 기다리고 있었다.

그런데 영아뿐만이 아니었다. 친가, 외가 친척 동생들과 형, 누나들 또한 우리가 도착하기를 오매불망 기다리고 있었던 것 같다.

몇 년 만일까.

외가와 친가 식구들을 이렇게 한자리에서 언제 봤는지 기억이 나질 않는다. 반가운 마음에 차에서 내리자마자 영아와 친척들에게 다가갔다.

"형!"

둘째 작은아버지의 첫째 아들인 성욱이었다.

"오랜만이다."

어느새 부쩍 커 숙녀가 되어 버린 하경이, 이마가 여드름으로 가득한 경욱이, 갓난아이를 안고 있는 진경이 누나와 매형으로 보이는 남성, 은경이 누나와 처음 보는 조카 둘, 큰아버지, 작은어머니, 외숙모, 외삼촌…….

오랜만에 보는 반가운 얼굴들이 시선에 한가득 들어왔다.

"안녕하세요."

모두에게 인사했다.

"이게 얼마 만이니, 진욱아."

큰아버지께서 내 어깨를 두드리셨다. 내가 한 분 한 분 인사를 나누고 있을 때 갑자기 친척 동생들과 누나들의 소란 소리가 들렸다.

팀과 알렉스가 차에서 내려 내 쪽으로 걸어오고 있었다.

"이쪽은 제 친구 팀과 알렉스입니다."

둘을 친척분들에게 소개시켰다.

친척분들은 신기한 눈으로 이 두 배우를 쳐다보면서 악수를 건네신 반면에, 친척 동생과 누나들은 핸드폰으로 동영상을 찍으면서 흥분된 모습을 보였다.

"성욱아, 애들 좀 말려. 저렇게 핸드폰을 들이대는 건 예의가 아니지."

성욱이가 알겠다고 대답하면서 쥐고 있던 핸드폰을 주머니에 집어넣었다.

"오빠."

친척들 틈 속에서 영아가 모습을 보이며 나를 한쪽으로 데리고 갔다.

"어떻게 된 거야?"

영아가 물었다.

"팀과 알렉스가 여길 어떻게 와? 와…… 정말 팀하고 알렉스 맞지?"

영아는 내 어깨너머로 친척들에게 둘러싸인 팀과 알렉스를 계속 쳐다봤다.

"이럴 줄 알았어. 네가 초대장을 보냈잖아."

"내가?"

다급한 메일 133

"저 둘이 그러던데. 네가 초대장을 보냈다고."

"그런 적이 없는데."

"단체 메일로 간 거 아냐?"

"그런가? 아무리 그렇다고 해도 미국에서 여기까지 와? 오빠, 그 정도로 친한 거였어? 아무튼 대단하다. 정말 이게 무슨 일이래, 와……."

"그러게 말입니다."

후우우우.

깊은 한숨이 나왔다.

"어쨌든 우리 오빠 수고 많았어! 자세한 건 조금 있다가."

나는 다른 사람들처럼 팀과 알렉스에게 달려가려는 영아를 잡아 두고 말했다.

"친척분들에게 그리고 동생이랑 누나들에게도 전부 다른 곳에 알리지 말라고 해 둬. 팀과 알렉스가 여기에 온 걸 아무도 몰라. 알려지면 어떻게 될지는 너도 알겠지?"

"우리 엄마 아빠 결혼식이 내일 텔레비전에 나오는 거야? 크크큭."

"영아야, 웃을 때가 아냐."

"내가 애야? 걱정 마셔요. 내가 단단히 주의시킬게. 오빠는 어서 들어가서 신부님 뵈야지. 엄마랑 아빠가 오빠 얼마나 기다리고 있는지 알아? 우리 아들 멀리서 온다면서."

팀과 알렉스를 끄집어내고선 함께 성당 안으로 들어갔다.

성당 안에도 친가, 외가 친척분들이 많았다.

그동안 뵙질 못한 사이에 친척분들은 나이를 드셨고, 형, 누나들은 결혼해서 조카를 낳았다.

작은 숙모께서 나를 신부 대기실로 꾸며진 사무실로 안내했다.

"어머니!"

이모들과 웃으면서 대화를 나누고 있던 어머니가 자리에서 벌떡 일어났다.

"아들!"

어머니는 웨딩드레스를 곱게 차려입고 있었다.

후줄근한 티셔츠와 색이 바랜 면바지를 입고 있던 어머니의 모습만 기억하고 있는 나로서는, 어머니의 그 모습에 눈시울이 뜨거워졌다.

갑자기 왈칵하고 치솟아 오르는 감정에 나는 그대로 걸어가 어머니를 안았다.

"애, 애. 옷 구겨져."

"어머니. 자주 연락드리지 못해서 죄송해요. 그리고 결혼식 축하드려요."

"남사스럽게 이게 뭐니. 그런데 아들 왜 이렇게 살이 빠졌어. 밥은 잘 먹고 다녀?"

"살이 빠지긴요. 똑같아요. 아, 그리고 여기는 같이 온 친구들이에요. 어머니도 아시죠? 영화 좋아하시잖아요."

팀과 알렉스가 앞으로 나왔다.

"안녕하세요. 어머니. 축하드립니다."

둘이 어눌한 한국어 발음으로 인사를 한 다음, 언제 준비했는지 가방에서 귀금속 상자를 꺼내 선물로 건넸다. 고급스럽게 세공된 목걸이와 귀걸이, 그리고 반지 세트였다.

"어머머! 고마워요. 그런데 이 비싼 걸 어떻게 받아요."

어머니는 매우 놀라서 눈을 몇 번이나 깜박거렸다.

* * *

성당 분위기에 맞는 화이트 카펫과 군데군데 장식된 웨딩 플라워가 공주님과 왕자님의 결혼식과도 같은 로맨틱한 분위기를 자아냈다.

턱시도를 멋지게 입은 신랑이, 우리 아버지께서 화이트카펫 끝에서 대기하고 있었다.

"신랑 입장!"

아버지는 당당하게, 하지만 조금은 어색해하시면서 화이트 카펫 위를 걸었다.

이어서 결혼 행진곡이 울려 퍼지기 시작했다. 어머니는 느릿한 박자에 맞춰 천천히 걷기 시작했고 우리는 일제히 박수를 쳤다.

돌아가신 외할머니, 외할아버지 생각이 나서였을까. 아니면 힘들었던 우리 가족의 옛날이 생각나서였을까.

어머니는 대기실에 있을 때까지만 해도 이모들과 수다를 떨면서 웃고 있었는데 지금은 눈물을 흘리고 있었다. 나 또한 짠해지는 마음을 달래고 있을 때, 훌쩍거리는 소리가 들려서 옆을 돌아보니 이모들이 어머니를 보며 울고 있었다.

"우리 어머니, 정말 예쁘시다. 천사 같아."

내 등 뒤에서 내가 찾던 목소리가 들렸다.

"바다야?"

"다행히 안 늦었네."

벅찬 숨을 몰아쉬는 바다의 모습을 보고 있노라니, 미안한 마음이 가슴 전체로 퍼졌다.

무슨 말을 먼저 건네야 할지 몰라 바다의 머리칼을 한 번 쓸어내렸다.

"미안하긴 한가 보네?"

"그렇지."

"그동안 오빠 연락 많이 기다렸었어."

"미안하다."

"아니, 아니. 이제는 조금 알 거 같아. 오빠 나 보니까 좋지?"

"당연히."

"보면 좋아. 하지만 안 봐도 보고 싶거나 그렇진 않지?"

"그건 오해야. 중요한 일이 있었어."

"무슨 일?"

"그건."

내가 망설이자 바다의 입가에 희미한 미소가 떠올랐다.

"괜찮아. 심술 한번 부려 본 거야. 이렇게 볼 수 있어서 나는 참 좋네."

"바다야……."

고마운 바다를 보면 그렇게 생각했다.

언젠가는.

다 말해 줄 날이 올 거라고.

섬은 며칠 사이에 많이 정돈돼 있었다.

푸니타의 가족들이 섬을 정비한 흔적들이 많이 보였다.

이를테면 새롭게 페인트칠된 헬기 착륙장, 새 목재로 고친 낡은 선착장, 드디어 꽃과 나무가 그 색을 발하는 잡초만 가득했던 정원 등이 그랬다.

저택으로 들어선 나를 푸니타와 그녀의 자매들이 웃으면서 반겼다.

그녀들은 앞치마를 입고서 저택 내부를 대청소하고 있는 중이었다. 그녀들의 밝은 표정들이 나로 하여금 미소 짓게 하였다.

내 서재에 들어갔다.

컴퓨터를 켠 후 혈마교 전산 시스템에 접속하자 팀이 만든 보고서가 올라와 있었다.

그간 새롭게 입교한 교도들의 명단이었고 그들 중 사회적으로 영향력이 있는 유명 인사는 따로 정리돼 있었다.

"교주님."

내가 돌아왔다는 소식을 접했을까, 리차드가 빠르게 나를 찾아왔다.

"가족일은 잘 해결됐습니까?"

나는 빙그레 웃었다.

"잘 오셨습니다. 보고드릴 일이 있습니다."

"저번에 그건가? 경과를 지켜보고 확실해지면 보고한다는."

"아…… 그건 아닙니다. 그것은 시간이 조금 더 필요할 것 같습니다. 다름이 아니라 연안 경비대(USCG, United States Coast Guard)에서 섬에 관심을 가지기 시작했습니다."

미 연안 경비대는 미국의 5대 군사력을 지탱하는 군부 중 하나이다.

평상시에는 미국 내에 있는 모든 항구, 수로, 해안선, 국제 공동 수역에서 방어, 순찰 및 밀입국 단속 등을 업무로 하고 있다.

넓은 태평양과 대서양을 아우르는, 해양 군대라고 불려도 전혀 무색하지 않을 만한 전력을 가지고 있는 것으로 알고 있다.

"그들의 관심을 끌만한 게 없었을 텐데?"

"이번 분기에 사유지 섬들에 대한 조사가 벌어지고 있습니다. DEA와 공조를 하고 있길래 조사를 해 봤더니 캘리포니아 주 사유지 섬들 중 한 곳이 대마를 대규모로 재배하고 있다는 정보를 입수한 모양입니다."

"이 섬이 용의 선상에 올랐다?"

"예."

"가까운 시일 내에 연안 경비대에서 조사 대원들이 나올 것 같습니다. 정확한 시일을 알게 되면 다시 보고드리겠습니다."

"수고했다."

이제 시작 단계인 이곳에 엉뚱한 불똥이 튀어 큰 관심을 받는 일은 피해야 한다. 물론 현재로선 위성 장비들을 제외하고는 그들의 관심을 살 만한 것들이 존재하지 않지만 말이다.

삼 일 후.

연안 경비대 소속의 경비 함정 한 대가 섬에 선착했다.

무장한 경비대원 둘과 'DEA'라는 노란색 글자가 큼지막하게 박힌 셔츠를 입은 마약 수사국 요원이 선착장에 내렸다.

어울리지 않게 골든리트리버 캐릭터가 새겨진 티셔츠를 입은 밀튼과 마이크가 선착장에서 잡담을 나누고 있다가 자리에서 일어나 그들을 맞이했다.

나는 서재 안에서 그 광경을 보고 있다가 천천히 밖으로 나갔다.

"정. 연안 경비대와 DEA에서 나오신 분들인데, 섬을 조사할 수 있도록 협조 부탁한다는데?"

마이크가 말했다.

"저는 이 섬을 책임지고 있는 정입니다."

연안 경비대의 장교와 마약 수사국 요원에게 인사를 건넸다.

둘도 소속과 이름을 밝혔다.

"그런데 연안 경비대와 마약 수사국에서 그린 하트에는 무슨 일이죠?"

장교에게 물었다.

장교는 대답 없이 살짝 웃어 보인 후 지니고 온 서류를 뒤적거렸다. 그러다 찾은 뭔가를 마약 수사국 요원에게 보여줬다.

"섬 소유자가 T&A사네요. 우리가 아는 그 T&A 맞죠?"

요원이 매우 흥미롭다는 듯이 말했다.

"맞을 겁니다. 팀 모리슨과 알렉스 산토르가 본 협회의 장이고 이 섬의 소유자입니다."

"이야, 죽이는 영화였습니다."

요원이 이마에 맺힌 땀을 닦으며 활짝 웃었다.

"죄송합니다만 이 섬이 협회장의 소유인 것은 맞습니다. 하지만 본 협회에 섬 관리 및 운용을 위임하였습니다. 무슨 일이시죠? 안 좋은 일인가요? 변호사를 불러야 합니까?"

"아닙니다."

장교가 군인답게 짧게 대답했고.

"근방에서 마약을 재배하는 섬이 있다는 제보를 받고 순찰 중입니다. 정이라고 하셨죠? 그 일로 협조를 부탁드리고 싶습니다."

요원이 덧붙여 말했다.

"마약이요? 여기는 동물을 사랑하는 사람들이 모인 곳입니다. 그린 하트 협회 본부입니다. 마약과는 일체 상관없는 곳입니다."

"우리도 정보를 입수한 것이 있어서요. 영장을 가지고 와야 하나요? 날씨도 더운데 협조 부탁드립니다."

요원이 웃으면서 말했지만, 그의 말 속에서 뾰족한 가시가 느껴졌다.

"들어오세요. 말씀대로 날씨도 더운데 들어와서 물 한 잔 하시고, 시간이 되신다면 본 협회의 활동에 대해서도 설명드리고 싶습니다. 제가 안내하겠습니다."

"고맙습니다."

요원이 대답했다.

한편 연안 경비대 요원은 마이크와 밀튼을 훑어보고 있다가, 내 시선을 느끼고 웃으면서 물었다.

"이분들은?"

"우리에게도 경호가 필요하죠. 그런데 경호 전문가들 중에서 우리와 뜻이 맞는 분을 찾기란 정말 어렵더군요. 남자들은 동물을 사랑할 줄 몰라요. 여자와 돈만 밝히죠."

내 대답에 요원은 담담히 고개를 끄덕였다.

"혹시 우리 협회, 그린 하트에 대해서 아십니까?"

저택으로 안내하면서 물었다.

"소냐는 팀 알렉스라면 환장하죠."

"소냐요?"

"제 부인이요."

요원이 말했다.

나는 빙그레 웃어 보인 뒤 말을 계속했다.

"그린 하트는 T&A사가 협회장으로 있는 동물 보호 협회입니다. 우리 협회는 시작된 지 반년도 되지 않지만, 처음 시작의 열정으로 그 어느 협회보다 활발한 활동을 하고 있습니다. 요즘에는 바다사자 보호 활동에 집중하고 있죠. 두 분께서는 반려 동물이 있으십니까?"

"없습니다."

"없어요."

"왜요? 반려 동물은 우리의 정신을 행복으로 채워 줍니다. 동물을 싫어하십니까? 아이들도 많이 좋아할 겁니다. 아이들의 정서와 교육에도 좋고요. 반려 동물을 입양하세요. 우리 협회에서 두 분과 같은 분들을 위한 프로그램이 있습니다. 저택에서 그 프로그램에 대해서 설명드리고 두 분이 참여하시겠다면 예쁘고 사랑스러운 반려 동물을 소개시켜 드리겠습니다. 섬에 잘 찾아오셨습니다. 아! 그리고 우리 협회의 활동이 아직까지 대중에게 많이 알려지지 않았는데, 연안 경비대와 마약 수사국의 존경심이 이는 두 분께서 가입하시고 활동하신다면 선한 동물들이 보다 더 보호를 받을 수 있는 내일이 될 것 같습니다. 어떻게 생각하십니까?"

둘은 대답 없이 내게 웃어만 보였다.

슬슬 내 질문에 귀찮아하는 기색이 엿보였다.

"그런데 동물 보호 협회 본부라고 하기에는 저택이 호화

롭고 규모가 크네요?"

요원이 거대한 저택 정문에 이르러 말했다.

"T&A사는 동물 보호에 지원을 아끼지 않습니다. 여기가 협회 본부입니다."

"섬 주위를 둘러봐도 되겠습니까?"

장교가 군인식 말투로 물었다.

"얼마든지요. 요원님은요?"

"안은 시원하겠죠?"

그렇다고 대답한 뒤 문을 열고 요원을 저택 안으로 안내했다.

"확실히 협회 본부로 쓰기에는 많이 호화스럽네요."

그가 저택 홀 중앙에 달려 있는 커다란 샹들리에를 바라보며 말했다.

"저도 그렇게 생각해서 T&A사에 뉴욕으로 본부를 옮기고 싶다고 말한 적이 있습니다. 팀 알렉스 협회장이 이렇게 말했습니다. 어차피 뉴욕이나 이 섬이나 비싸긴 매한가지니, 이왕이면 좋은 풍경 속에서 일해야 하지 않겠냐고 말입니다."

"제 상관에게 그렇게 좀 말씀해 주세요. 좋으시겠습니다. 매일 휴양 온 기분이겠어요."

"사실 그렇습니다. 하하."

"그런데 이 큰 저택에 사람이 없네요?"

"네. 저택 관리원과 협회 직원들 몇만 있습니다. 괜찮으시다면 며칠 여기서 묶으시면서 우리 협회 프로그램에 대해서 설명해 드리고 싶습니다만."

"저도 그러고 싶네요. 우리 가족들 모두 데리고 와서요."

"동물을 사랑하시는 분은 언제든 환영입니다. 물론 사랑하시게 될 분도 환영입니다."

"저택이 5층으로 되어 있군요."

"예. 저택이 커서 어떻게 공간을 활용해야 할지 아직 가닥을 잡지 못했습니다. 우선은 1층만 사용하고, 2층 위로는 막아 두었습니다."

"막아 둬요?"

"이 섬의 전 소유자가 2,3층을 전부 전산실로 개조해 둬서 그것을 뜯어내고 인테리어를 새로 해야 쓸 수 있을 것 같습니다."

그는 고개를 끄덕이면서 내 허락을 구하지 않고 계단을 오르기 시작했다.

그의 뒤를 천천히 따라가 2층 문을 열었다.

문을 열자 길게 뻗은 복도가 나타났고, 벽면 유리창 안쪽에 위성 기기들이 검은 천으로 덮인 광경이 보였다. 요원이 유리창에 가까이 다가가 내부를 들여다보기 시작했다.

"이 섬의 전 소유자가 철도왕 밴더필드가라고 하더군요."
내가 그의 등 뒤에 대고 말했다.

"아아."

"아마도 이 저택은 휴양지 별장으로 사용된 것 같은데, 저는 여기를 보면 안쓰러운 마음이 듭니다. 휴양을 하러 와서도 일에 파묻혀 사는 바쁜 현대인의 표상 같다고 할까요? 안에 들어가 보시겠습니까? 열쇠를 가져오겠습니다."

"아니요. 괜히 저까지 답답해지는 기분입니다. 충분합니다. 그런데 관리원은 어디에 있죠? 관리원과 대화를 나누고 싶은데."

"불러 드리죠. 푸니타! 푸니타!"

계단을 향해 소리쳤다.

잠시 후 먼지떨이를 손에 쥔 푸니타가 2층으로 올라왔다.

"괜찮으시다면?"

요원이 내게 자리를 비켜 달라는 식으로 말했다.

나는 1층으로 내려와 2층에 귀를 기울였다. 요원이 푸니타에게 말했다.

"DEA에서 나왔습니다."

"예."

"푸니타라고 했죠? 이 큰 저택을 관리하느라 고생이 많으시겠어요."

"괜찮아요. 일은 고되어도, 일을 다 마치고 나면 휴양지에서 쉬는 기분이 들어요."

"저도 이런 곳에서 일하고 싶어요. 푸니타는 무슨 일을 하죠?"

"청소도 하고 빨래도 하고 직원분들의 식사도 준비합니다."

탁!

2층 문이 닫히는 소리가 들렸다. 아마도 요원이 2층 문을 닫은 모양이다.

"왜, 왜 그러세요. 저는 미국 시민이에요."

"오해하지 마세요. 우리끼리만 대화하고 싶어서 문을 닫은 것뿐이니까요. 나는 푸니타가 걱정돼요."

"예?"

"푸니타도 알고 있잖아요. 푸니타, 혹시 위험에 빠지진 않았나요? 괜찮아요. 제게는 말해도 되요. 제게는 DEA 외에도 많은 친구들이 있어요. 우리는 푸니타를 위험해서 구해 주고 보호해 줄 수 있어요. 저를 믿어야 해요."

"저는 요원님이 지금 무슨 말씀을 하시는지 모르겠어요."

"푸니타는 미국 시민인가요?"

"보여 드려요? 저는 미국 시민이에요."

"미안해요. 그러면 우리는 더 푸니타를 보호해야 해요.

푸니타, 제게 말해 줘요. 보세요. 연락 한 번 하면 밖에 있는 경비함에서 군인들이 달려와 푸니타를 보호할 거예요. 그러니 걱정하지 말고 이야기해 주세요."

"도대체 무슨 말씀을 하시는 거예요. 저는 요원님이 무서워요."

"사실 나는 DEA에서 나오지 않았어요. 더 높은 곳에서 왔죠. 우리는 다 알고 있어요. 그런데 푸니타가 이렇게 범죄집단을 비호하면 푸니타도 같이 처벌을 받게 되요. 종신형을 살게 될 거예요."

"종신형이요?"

"푸니타는 평생을 감옥에서 썩고 싶어요? 그렇게 될 거예요. 감옥에서 늙어 죽을 거예요."

요원의 어조가 강압적으로 변했다.

"전…… 전……."

푸니타의 목소리가 흔들렸다.

"감옥에서 늙어 죽고 싶어요? 이렇게 아름다운데. 좋은 남자 만나서 결혼도 하고 아이도 낳아야 하잖아요. 행복한 가정을 생각하지 않아요? 푸니타. 나는 지금 푸니타에게 기회를 주는 거예요."

요원이 푸니타를 심하게 압박하고 있었다. 그의 말이 어디까지 사실인지 알 수 없다. 하지만 중요한 건 요원의 압밖에 푸니타가 흔들리고 있다는 사실이었고, 평범한 여인에 불과한 푸니타가 그것을 이겨 내기 힘들 거라는 것이다.

나는 2층으로 몸을 날릴 준비가 되어 있었다.

"요원님."

"푸니타. 우리가 푸니타를 보호해 줄게요. 푸니타는 아름다워요. 언제든 어디서든 다시 시작할 수 있어요. 푸니타와 감옥은 어울리지 않아요."

"요원님."

"예."

"다 알고 오셨다니…… 말씀드릴게요. 생각 좀 하고요."

뭐?

푸니타가 압박을 이기지 못한 걸까?

나는 곧장 2층으로 뛰어 올라가 문을 열었다.

바닥에 쭈그리고 앉아 무릎 사이로 얼굴을 파묻고 있는 푸니타와 그런 푸니타를 내려다보고 있는 요원이 모습이 시선에 들어왔다.

"무슨 일입니까?"

나는 태연하게 물었다.

"정, 미안해요. 내가 잘못했어요."

"푸니타. 무슨 말을 하는 거예요."

"따라오세요. 요원님."

푸니타가 자리에서 일어나 앞장섰다.
"푸니타!"
요원이 내게 단호한 얼굴로 고개를 저어 보였다.
그의 손은 허리춤에 있는 총으로 향해 있었다. 푸니타를 막으면 언제든 그 총을 꺼내 내게 발포하겠다는 무언의 압박이 느껴졌다.
푸니타는 계단을 내려가고 있었다.
나는 그 뒷모습을 보면서 고민에 휩싸였다.
대체 어디로 가는 것일까?
나는 푸니타를 저지하고 요원과 장교를 제압해야 하는 걸까?
경비 함정을 폭파시키고?
요원의 말은 사실일까?
그는 DEA가 아닌 다른 상위 조직에서 온 걸까?
정말 본교에 대해서 뭔가를 알고 온 것일까?
그렇다면 리차드 청의 보고는?
리차드 청의 보고가 틀렸던 걸까?
이들은 단순히 마약 조사차 온 자들이 아닌 것인가?
온갖 물음이 꼬리에 꼬리를 물고 쏟아져 내렸다.
1층에 내려온 푸니타가 곧장 밖으로 나갔다. 지하 보안실의 비밀방에 리차드 청이 숨어 있다는 것을 푸니타가 알 리가 없을 텐데?

푸니타는 우리를 정원으로 데리고 갔다.

요원은 큰 소리로 장교를 불렀고 장교가 뛰어와 무전기에 상황을 보고하기 시작했다. 그 와중에도 요원은 계속 내게 경고의 눈빛을 보냈다. 푸니타가 정원을 파서 나무 상자를 꺼냈다.

도대체 무엇이 들었지?

그것이 무엇이든지 간에 본교에 위협이 되는 거라면 나는…….

이 자리에 온 모든 이들을 온전히 육지로 보내서는 안 된다.

푸니타가 나무 상자를 열었다.

모두의 시선이 그쪽으로 향했다.

"미안해요. 정. 잘못했어요."

푸니타가 흐느끼면서 상자 안에 든 것들을 끄집어냈다. 그것을 확인한 나는 주먹에 바짝 들어가 있던 힘을 풀었다.

그것은 달러 뭉치와 낡은 머리띠, 그리고 은반지 하나였다.

"이…… 이게 뭐죠? 푸니타."

요원이 당황하며 물었다.

"다 알고 왔다면서요. 제가 협회 자금에 손을 댔어요."

"푸니타……."

요원이 자신의 이마를 짚으며 중얼거렸다.

"백신 지원비에 손을 댔어요. 요원님. 저 이제 감옥에 가는 건가요? 제발요."

"얼마나요?"

그렇게 반문하는 요원의 표정은 형용하기 어려웠다.

황당하고 어처구니가 없어서 터져 나오려는 웃음을 짓누르는 것 같아 보이기도 했고, 어떻게 보면 치솟는 분노를 자제하고 있는 것 같기도 했다.

"이백 달러쯤 될 거예요."

"정, 푸니타를 고소하고 싶으면 당국에 절차를 밟으세요. 협조 감사했습니다. 저희는 그만 돌아가겠습니다."

요원은 사무적인 어투로 말한 뒤에 장교와 함께 경비 함정으로 돌아갔다.

"이건…… 제가 섬에 들어올 때 가지고 들어온 것들이에요. 그토록 바랐던 시민이 되었을 때 이것들을 여기에 묻었어요. 혈마교의 교도로 새사람이 되고 싶었어요. 그래서 묻었어요. 그런데 오늘 제가 실수한 건 없었나요?"

나는 눈웃음을 지으며 고개를 저었다.

저 멀리.

경비 함정이 물살을 가로지르며 아득히 멀어져 가고 있었다.

보안실에 숨어 있던 리차드 청이 선착장으로 나왔다.

"교주님. 무슨 문제가 있었습니까?"

"리차드."

"예."

"저자들을 조사해 봐. 예감이 좋지 않아."

* * *

우리는 DEA 인력 전산망에서 뉴욕, 그리고 캘리포니아 주에서 근무하는 DEA 요원의 프로필 사진들을 훑어봤다.

하지만 그 수천 건의 프로필들 중에 푸니타를 압박했던 요원의 사진은 없었다.

우리는 조금 더 확실하게 하기 위해 DEA의 특수 수사관들이라면 꼭 거쳐야 하는 퀀티코, 버지니아 주 소재 FBI 학교의 특수 훈련 기록들을 살펴봤지만 거기에서도 그 요원을 찾을 수 없었다.

다만 요원과 동행했던 연안 경비대 장교는 군 전산망에 등재돼 있었다.

바비 듀란트 소위(Ensign), 연안 경비대 제8사단 17특수 전략대대.

현재 나이 42세.

연안 경비대 사관학교 생도 시절 이글(Eagle)호에 있었던 전략 항해 훈련에서 동기들 중 제일 우수한 기량을 발휘했으며, 그 이후 5사단 소형 함정 부선장을 역임하고, 오 년 전 8사단으로 전임해 17특수전략대대의 부대장으로 역임.

삼 년 전에는 대테러 작전에서 전공을 인정받아 은성 훈장(Silver Star)을 받은 바 있었다.

축약하자면 그는 말년에 별 한두 개쯤은 달 수 있을 우수한 군인의 길을 걷고 있었다.

DEA 요원으로 가장했던 자의 정체가 불투명했던 그때, 리차드 청이 요르단의 국토 방위대의 전산에서 그의 꼬리를 찾아냈다.

그는 A-13으로 분류돼 있었다.

리차드 청의 설명에 따르면 정체를 알 수 없지만 미국의 첩보원으로 심증이 가는 인물에 'A'를 붙인다 했다. 13이란 A그룹으로 분류된 인물들 중 13번째임을 뜻하는 것 같았다.

우리가 찾은 그의 처음이자 마지막 기록은 이 년 전에 요르단 정부에 체포돼 비밀 감옥에 구금되어 있던 A-02를 죽이고 도주했던 일이었다.

리차드 청의 해킹 실력에 다시 한 번 감탄했다. 세계 각국의 국가 기밀 전산망을 제집 안방처럼 드나드는 그 실력에 말이다.

"그는 미 특수 요원이었군."

"네."

"그렇다면 DEA의 마약 수사는 우리를 조사하기 위한 구실에 불과했었나?"

"그런 것 같습니다. 특수 요원을 위장해서 보냈다는 것은."

"미 정부에서 우리를 주시하고 있다는 뜻이지. 문제는 어디까지 알고 있냐는 것이야."

"깊게는 모르는 것 같습니다. 세력이 커져 가는 신흥 종교가 있다는 정보를 입수하고 일 차 조사에 나선 것일 수도 있습니다."

"그들이 어디까지 알고 있는지는 모르는 일이지. 그리고 이 섬이 본교의 본부임을 어떻게 알았을까. 이 섬에 대해서 알고 있는 교도는 극히 적어. 그중에 배교도가 있다고는 생각되지 않는다. 그동안 우리가 너무 미 정부를 과소평가하고 있었던 것이지."

"예."

"저들은 이제 한 발 담근 것에 불과해. 물이 얼마나 깊은지 확인하기 위해 장비를 갖추고 걸어 들어올 것이다."

"더 조사해 보겠습니다."

그리고 오래 지나지 않아서였다.

리차드 청이 DEA 요원의 정체를 파악할 중요한 실마리를 찾아왔다.

그는 최근까지 이라크에 있었다.

스스로를 해방군이라고 말하는 이라크의 반미 무장 세력을 추적하여 암살하는 일 외에도 세력의 수장 중 한 명인 '카에다'를 잡아 미국 본토로 후송하기도 했다.

그가 했던 주 임무는 조사나 정찰 따위가 아니었다. 그는 미 정부의 특수 요원이면서 요인을 암살하거나 납치하는 일을 중점적으로 하는 행동파였던 것이다.

그에 대해 보고하는 리차드 청의 안색이 좋지 않았다.

리차드 청 또한 나와 같은 생각을 하고 있는 것 같다.

"그자가 왔던 이유는 본교 때문이 아니었습니다."

리차드 청이 고해성사를 하는 양 말했다.

"네 신변의 위험은 곧 본교의 일이다. 그런데 너를 어떻게 찾아냈을까."

"정부에는 뛰어난 정보 요원들이 많습니다. 제가 놓친 게 있는 모양입니다."

"어쨌든 너는 발각됐군. 아니, 우리는 발각됐다."

"제가 예전에 확실해지면 보고드릴 일이 있다고 말씀드린

적이 있습니다. 기억나십니까?"

"그래."

"아직은 확실해지지 않았지만 지금은 말씀드려야 할 것 같습니다. 그들이 저를 쫓는 이유를 말입니다."

리차드 청의 안색이 몹시 어두워졌다. 그는 매우 하기 힘든 말을 겨우 용기 내 꺼내려는 듯 보였다.

"너를 쫓는 이유는 네가 그들의 심기를 거슬렀기 때문이라고 했었지."

"그게 그들의 욕심을 자극했습니다."

"욕심?"

"세계에 뛰어난 해커들은 많습니다. 하지만 저와 같이 테러리스트로 분류하고 특수 요원을 파견해 작전을 시행하는 경우는 드뭅니다."

"너는 다른 해커들과는 다르지. 어떤 해커가 너와 같이 세계의 모든 감시 카메라를 조작하고 국가 기밀 전산망에 들어갈 수 있을까."

"그것을 가능하게 만들어 주는 게 '열쇠(Key)'입니다."

"열쇠?"

"……제가 개발하고 있는 해킹 툴의 이름입니다."

"개발하고 있는?"

"아직 개발이 완성되지 않았습니다. 군데군데 수동으로

코드를 입력하고 시간을 들여야 목표를 달성할 수 있는 정도입니다."

"완성이 된다면 시간과 노력을 들이지 않고도 곳곳의 전산망을 해킹할 수 있다?"

"예. 그자들이 쫓는 건 제가 아닙니다. 제가 개발하고 있는 해킹 툴 '열쇠'입니다. 아직 완성되지 않았기에 그간 말씀을 드리지 못하고 있었습니다."

"완성되지 않았다는 것을 저들은 모르나?"

"해커들은 자기만의 해킹 툴이 있기 마련입니다. 저는 그간 원하는 거의 모든 곳의 방화벽을 뚫었습니다."

"네 해킹 툴이 완성되었다고 생각했겠군."

"말씀드린 바와 같이 아직 미완성입니다. 하지만 저들에게 열쇠가 완성인지 미완성인지는 상관없을 것입니다."

"왜지?"

"그들에게는 저를 대신해서 해킹 툴을 완성할 해커들이 많습니다. 다만 해킹 툴 열쇠의 초안이 있어야만 가능한 일입니다. 아직까지는 그만한 초안을 생각해 낼 해커는 전 세계에 없습니다."

리차드 청은 결코 자만한 것이 아니다. 그는 자타가 공인하는 실력의 소유자다.

"열쇠를…… 보여 드리겠습니다. 교주님."

리차드 청이 나를 2층으로 안내했다.

* * *

슈퍼컴퓨터의 거대 쿨러가 돌아가는 소리가 요란하게 울리고 있었고 그 사이사이 정체를 알 수 없는 위성 장비들의 틱, 틱 하는 전자음이 들렸다.

2층에 있는 교도들은 컴퓨터 작업에 열중하고 있었다.

리차드 청은 이제는 자신의 수하가 된 그들에게 자리를 비켜 달라고 부탁했다. 리차드 청과 나, 단둘만 2층에 남았다.

리차드 청이 지갑에서 스마트카드를 꺼내 어디선가 가져온 노트북의 외장 입력 장치에 꽂아 넣었다. 그렇게 부팅된 노트북을 슈퍼컴퓨터의 도킹 장치에 올려놓은 다음 자리에서 일어났다.

"노트북 전체가 보안 장치입니다. 열쇠는 슈퍼컴퓨터 속에 숨겨 두었습니다."

리차드 청이 거기까지 말한 후 슈퍼컴퓨터의 최고 관리자 권한에 접속하기 위해서 지문과 홍채 인식 장치를 거쳤다.

그가 몇 가지 작업을 계속했다.

대형 LCD 모니터에 프로그램 하나가 전체 창으로 떴고,

리차드 청이 그것을 바라보며 입을 열었다.

"이것이 열쇠입니다."

외형상으로는 '윈도우 탐색기'와 비슷했다.

그러나 리차드 청이 마우스를 움직일 때마다 새로운 메뉴 창들이 나타났는데 거기에 속한 세분화된 하위 항목들이 대형 모니터 전체에 뜰 정도로 그 수가 많고 매우 복잡했다.

"아직은 미완성입니다. 하지만 완성이 되면 간단하게 말씀드려 정보 통합 분석 능력을 가진 AI가 될 것입니다."

"구글처럼?"

"예."

이번에도 역시 그렇게 대답하는 리차드 청의 표정이 밝지 않았다.

구글처럼 검색어를 입력하면 어떤 전산망이든 침투하여 원하는 정보를 검색하고 결과를 출력한다.

그것이 무엇을 뜻하는지 어렴풋이 짐작이 갔다.

어디에 무엇을 숨겼든 언제든 필요한 때에 원하는 정보를 스스로 찾아서 보여 준다. 전산에서 거의 모든 일이 벌어지는 현대 사회에서 그 이상 가는 힘이 있을 수는 없다.

그것은 거대한 힘이다.

감히 전지전능한 신에 필적하는 힘이라고 단언해도 좋다.

리차드 청은 그런 엄청난 것을 개발하고 있었다.

망상으로 치부될 만한 일이 지금 벌어지고 있다는 사실에 크게 놀랄 수밖에 없었다. 더군다나 그 일이 바로 내 옆에서 벌어지고 있었다.

"이것을 혼자 개발하고 있었나?"

"예."

그와의 첫 만남이 떠올랐다. 그는 내게 자신 있게 말했다.

내가 이 세상의 가장 날카로운 칼을 가진 사람이고, 그는 가장 뛰어난 책을 지닌 사람이라고.

과언이 아니다.

각 정부의 감시 카메라 영상을 훔쳐보고, 미국의 인구 등록 시스템을 주무르고, 세계 각국의 국가 기밀 전산망을 마음대로 침투하는 그의 해킹 실력을 보면서 그가 정말 영화에나 나올 법한 뛰어난 해커라고 생각했었다.

하지만 그는 단순한 해커가 아니다.

천재 중의 천재.

그런 생각이 절로 들었다.

그때.

나는 어두운 표정을 짓고 있는 그에게서 나를 발견했다.

그는 거대한 힘을 소유했을 때 필연적으로 따라오는 책임을 느끼고 있었던 것이다.

"열쇠는…… 내게도 말하기 어려웠겠군. 그런데 이렇게 열쇠에 대해서 말한 이유가 뭐지?"

"더 이상 숨길 수는 없다고 생각했습니다. 제가 말씀드리지 않아도 교주님께서는 곧 알아내셨을 겁니다. 그리고 열쇠가 뛰어난 해킹 툴이라고는 하나, 결국에는 사람이 만든 프로그램일 뿐이라는 것을 말씀드리고 싶습니다."

"사람이 만든 프로그램일 뿐이다? 그것이 아님을 네가 가장 잘 알 텐데."

"……."

리차드 청은 대답이 없었다. 아무 말 없이 고개 숙인 그의 모습에서 나는 그가 두려워하고 있다는 것을 느꼈다.

그는 자신에게서 태어날 자식을 두려워하고 있다. 배 속의 아이가 악마일지 천사일지, 그조차도 분간하지 못하고 있는 게 분명했다.

"그자들이 열쇠에 대해서 알고 있다 했지?"

"예."

그자들이라는 알고 있다는 말은 곧 세계 전체가 알고 있다는 말로 해석해도 무방하다.

"DEA로 가장한 미 특수 요원이 왔던 것은 시작에 불과하겠군."

"죄송합니다. 본부를 옮길 곳을 물색하고 있습니다."

"본부를 옮긴다?"

"이 섬이 발각되지 않았습니까."

"본부를 옮기고 섬에서 빠져나가는 게 최선이긴 하다. 하지만 우리는 최대한 비밀리에 이동했고, 그리고 들어와서도 신중하게 보냈다. 그런데도 발각되었어. 네가 그랬지. 정부에는 뛰어난 정보 요원들이 많다고. 우리가 놓친 게 있을 거라고. 다른 곳으로 자리를 옮겨도 마찬가지다. 나는 그동안 네가 살아 있었던 게 신기해. 그자들이 열쇠의 정체를 눈치 챈 게 얼마 되지 않은 모양이지?"

"예."

"그런 생각이 드는군."

"예?"

"네가 나를 찾은 이유 말이야. 동생의 복수도 여러 이유 중에 하나겠지. 하지만 나를 찾은 가장 큰 이유는 네가 살기 위해서였다."

리차드 청은 부정하지 않았다.

"걱정마라. 너를 살려 주겠다."

너는 모르겠지만 우리는 운명으로 이어져 있다.

제 6 장
경비정의 불빛

"정. 무슨 일 있어요?"

청소를 하고 있던 푸니타가 나를 발견해 다가와 물었다.

그녀는 저택의 분위기가 심상치 않게 돌아가고 있음을 느끼고 있었다.

아무래도 그럴 수밖에 없었던 것이 선착장 쪽만 바라봐도 마이크와 밀튼이 평소와는 다르게 전투 복장을 하고 언제든 응사할 수 있도록 자동소총을 쥐고 있었기 때문이다.

"어제 일 때문인가요? 혹시 제가 실수한 게 있나요?"

"어제 일 때문은 맞습니다. 하지만 푸니타 때문은 아닙니다. 그렇지 않아도 모두에게 해야 할 말이 있었습니다. 푸니타 가족분들을 모두 제게 데려오세요."

푸니타는 걱정스런 얼굴로 알겠다고 대답했다.

모두 집결했다.

푸니타의 어머니와 언니들은 식사 준비를 하고 있었는지 몸에서 매콤한 소스 냄새가 풍겨 나왔다.

그녀의 아버지와 오빠들의 어깨엔 아직 털리지 않은 나뭇잎과 잔가지가 있는 걸로 봐서 숲을 정리하고 있었던 것 같다.

모두들 걱정이 가득한 얼굴로 나를 바라보고 있는데 오로지 그녀의 어린 조카들만이 바닷물에 흠뻑 젖은 채로 장난치고 있었다.

"푸니타. 가족분들에게 내 말을 통역하세요."

"네."

"가족분들 모두 오늘 섬에서 나가 주셔야 합니다."

"예?"

푸니타의 눈이 휘둥그레졌다.

"통역하세요. 푸니타."

갑자기 당황하는 그녀의 얼굴을 본 그녀의 가족들이 겁먹은 강아지 같은 눈으로 나를 바라봤다. 푸니타는 내가 떠나야 한다고 말한 지 몇 초도 지나지 않아 눈물을 글썽였다.

그녀가 가족들에게 내 말을 통역해 전하자, 가족들은 올 것이 오고야 말았구나 하는 표정이 되었다.

"정. 제가 어제 실수를 한 거죠?"

"아닙니다."

"그러면 어째서요? 저와 가족들은 이제…… 이제…… 이 섬에 왔어요."

"그 점은 매우 안타깝게 생각합니다."

"말씀을 해 주시면 무엇이든 고치겠어요. 우리 가족들 전부 그럴 거예요."

"그런 문제가 아닙니다. 본교는 푸니타와 가족분들의 신변이 걱정됩니다."

"네?"

"어제 미 정부에서 본교를 감찰하러 나왔습니다. 조만간 본교는 정부의 적으로 간주될 겁니다. 그때 그 요원이 푸니타에게 그랬죠? 종신형을 받게 될 거라고요."

"들…… 들으셨나요?"

"그 요원의 말대로 될지도 모릅니다. 밀튼과 마이크가 왜 저렇게 삼엄한 경비를 하고 있는지 궁금해했죠? 본교는 미 정부에서 타격대를 보낼 거라 예상하고 있습니다."

푸니타는 큰 갈색 눈을 깜박거리면서 숨을 훅훅, 하고 몰아쉬었다

"타격대가 오면 불가피하게 다치게 될 분이 있을지도 모릅니다. 그래서 섬에서 나가야 한다고 말하는 겁니다. 나가서도 안정적으로 생활할 수 있도록 자금을 지원하겠습니다."

"정. 미국이 왜 우리를 체포한다는 거예요? 우리는 죄를 짓지 않았잖아요."

쫓겨 나가는 게 아니라는 것을 안 그녀는 다소 진정된 모습을 보였다.

"죄를 짓고 안 짓고는 중요하지 않습니다. 그것을 규정하는 것이 저들이니까요. 어쨌든 조만간 이 섬에 타격대가 올 수밖에 없습니다."

"그……그럼 정도 피해야 하잖아요."

"지금은 갈 수 없어요."

"왜요?"

"나는 교주님이 자리를 비우신 지금 본교의 모든 일을 책임지고 있습니다. 이 섬을 벗어날 수 없거니와 무엇보다도 섬에서 나가 숨는다고 해도 정부의 시선을 피할 수 없을 겁니다."

"정……."

푸니타가 내 손을 마주 잡았다.

그녀의 손은 무척 따뜻했는데 그것과는 별개로 부르르

떨리고 있었다.

"나도 섬에서 나가지 않아요. 정이 나갈 때 함께 나가겠어요."

"아니요. 푸니타와 가족분들은 모두 나가야 합니다."

'본교의 명령입니다.'라고 덧붙이려는 순간 푸니타가 확연하게 또렷해진 눈으로 나를 직시하며 입을 열었다.

"저는 그날 봤어요. 알았어요."

"그날?"

"집회 말이에요."

"아……."

"집회에서 교주님을 봤어요. 그리고 그 무엇도 그분을 해칠 수 없다는 것을 알았어요. 저는 진심으로 교주님을 믿어요. 정이야말로 그 누구보다도 교주님을 믿잖아요. 교주님은…… 교주님은…… 신이세요."

"아무리 교주님이라 해도 모두를 지킬 수는 없을 겁니다."

푸니타가 고개를 저었다.

"그리고 저는 본교를 위해 헌신하겠다는 맹세도 한 몸이에요. 이제 와서 본교가 위험해졌다고 떠날 수는 없어요. 설사 제가 체포되거나 더 나빠진다고 해도 본교의 교도로서 남고 싶어요. 여기서 떠나면 저는 더 이상 교도가 아니잖아요."

"본교의 명령으로 잠깐 피신하는 일이 교도가 되지 않는 것은 아닙니다."

"정, 부탁해요. 저는 섬을 떠나고 싶지 않아요."

나는 그녀의 눈동자 속에서 그녀의 말이 진심이라는 것을 느꼈다.

"그럼 가족분들이라도 섬에서 나가길 원합니다. 섬에 들어온 지 며칠 되지 않은 분들인 데다가 아직 집회 의식도 치르지 않았습니다. 본교는 푸니타의 가족분들이 위험을 감수하지 않길 바랍니다."

"조금만 시간을 줄 수 있나요. 가족들과 이야기해 볼게요."

나는 기다렸다.

가족들과 충분한 대화를 끝낸 그녀가 아버지와 함께 내 앞에 섰다.

"우리 가족들도 같은 생각이에요."

"달리 갈 데가 없는 게 문제라면 자금을 지급하겠다고 했습니다."

그녀의 가족들의 결정이 이해가 되지 않았다.

그녀의 가족들은 푸니타와는 달리 섬에서 본교에 애착을 가질 만큼의 시간을 보내지 않았을 뿐만 아니라 집회에서 내 힘을 본 적도 없었다.

본교에서 해 준 게 있다면 각 주에 뿔뿔이 흩어져 있던 가족들을 상봉하게 해 주었고 시민증을 발급해 준 것뿐이었다.

물론 그것들은 불법 밀입국자였던 그녀의 가족들에게 큰 혜택이지만 내가 일례로 들었던 종신형을 각오할 만한 일은 아니다.

그때 푸니타의 아버지가 내게 뭐라고 말했는데, 푸니타가 그것을 통역했다.

"우리 가족들은 지쳤어요. 어떻게 되든 이 섬에서 삶을 찾고 싶어 해요. 허락해 주세요."

나는 그녀와 가족들의 결정을 존중하기로 했다.

"알겠습니다. 본교에서는 최대한 푸니타와 가족분들을 지키도록 노력하겠습니다. 물론 때가 되면 푸니타와 가족분들 역시 스스로를 지킬 수 있도록 노력해야 합니다."

리차드 청과 이제는 수하가 된 그의 옛 동료들이 미 정부의 움직임을 파악하기 위해 시간을 보내고 있는 그사이.

급하게 팀에게 연락했다.

어제 있었던 일에 대해 들은 팀은 걱정스런 기색을 비추면서도 이렇게 말했다.

"타격대요? 크큭, 핵폭탄이라도 떨어트린다면 모를까요."

조금은 경박한 그의 어투가 못마땅해서였을까.

"스승님. 저희도 바로 섬으로 들어가겠습니다."

마침 알렉스가 옆에 있었는지 그의 핸드폰을 가로챈 모양이었다.

"지금 당장 필요한 게 있다."

그것이 총이라는 대답을 들었을 때, 알렉스가 의아하다는 듯이 반문했다.

"총 말씀이십니까?"

"적어도 삼십 정과 충분한 탄환이 필요하다."

"아!"

그제야 이해가 되는 모양이다.

"교도들을 위한 것이로군요. 만일 교도들의 신변이 위험해질 때, 교도들 스스로 제 몸을 지킬 수 있는 무기가 필요한 것입니까?"

"그런 일이 일어나서는 안 되겠지만."

"알겠습니다. 그런데 오늘 하루 만에 삼십 정을 구하기에는 어려울 것 같습니다."

"그 점은 걱정 말고. 밀튼이 아는 업자에게 연락을 해 두었다. 연락처를 알려 줄 테니 접선하고 받아 오면 돼."

"밀튼이라면, 선착장에 있는 그 교도 말씀이십니까?"
"그래. 네가 이미 한 방 먹인 그 녀석 말이다."
"아, 알고 계셨습니까?"
알렉스가 민망한 어조로 대답했다.

* * *

철푸덕.
가죽 가방이 무겁게 떨어졌다.
지퍼를 열자 가득 찬 총들의 모습이 보였다.
그것들은 여름의 햇볕을 받아 번쩍거리며 빛나고 있었다.
이 총들을 쓸 일이 없길 바라면서 다시 지퍼를 닫았다.
"어떻게 하실 생각이십니까, 스승님."
"헬리콥터를 타고 왔을 때 본 것이 있겠지?"
"예. 경비정들이 활발하게 움직이고 있었습니다. 섬에서 사람이 빠져나가는 것을 막기 위해서였던 것 같습니다. 저들이 스승님에 대해서 어떻게 알았을까요?"
"내가 아니다."
"예?"
"저들은 리차드 청을 노리고 있어. 정확히는 그가 개발하고 있는 해킹 프로그램을 노리고 있지. 어쨌든 이 섬에서 모두가 안전하게 떠날 수 있으면 좋겠지만 섬 주변의 해상이 봉쇄되었다."

해상이 봉쇄된 것을 안 지는 그리 오래되지 않았다.

푸니타와 대화를 마쳤을 때 리차드 청이 그것에 대해서 보고했다. 푸니타와 푸니타의 가족들이 섬을 떠나고자 했다고 해도 해상이 막혀 어려웠을 것이다.

"해상을 봉쇄했다면 헬리콥터로도 어렵겠군요. 가만히 두고 보지만은 않을 테니 말입니다. 하면 저희들이 들어오는 것을 왜 가만히 두었을까요."

"그물을 쳐 뒀으니 제 스스로 들어오는 고기는 얼마든지 환영하겠다는 뜻이겠지."

"이 섬은 감옥이 되어 버렸군요."

팀이 얼굴에 웃음을 띠며 말했다.

"사부, 그런데 왜 섬을 떠나지 않은 거죠?"

팀이 물었다.

"여기서 문제를 해결하지 않고서는 옮긴다 해도 걸리는 게 많아."

둘이 내게 주목했다.

"우선 너희들 또한 미 정부 국방성 데이터에 테러리스트의 공범으로 올라가 있겠지."

"저희들이요?"

"이 섬이 누구의 명의로 되어 있지? 그리고 그린 하트의 협회장은 누구고? 저들은 너희 둘이 리차드 청을 숨겨 주고 있다고 생각할 것이다. 이대로 우리가 섬을 떠나 버린다면 너희 둘은 테러리스트로 낙인찍히고 말 거다. 더욱이 이라크에서 있었던 일도 이번 일과 연관시켜 버리겠지."

"미처 거기까지는 생각하지 못했습니다."

알렉스가 감정의 변화 없이 대답했다.

둘은 테러리스트로 누명 씌워져 세계의 추적을 받는다 해도 크게 상관없다는 듯한 반응을 보이고 있었다. 그만큼 나를 믿고 있다는 것이다.

"그리고 두 번째로 우리는 이 섬에 들어와 신중에 신중을 기했다. 그럼에도 불구하고 리차드 청이 이 섬에 있다는 사실이 발각되고 말았지. 참 신기해. 어떻게 알았을까. 배교도가 있었던 것 같지는 않다. 나는 이렇게 생각한다. 저들의 정보력을 우리가 너무 과소평가하고 있었다고 말이야. 세계를 지배하고 있는 자들을 말이야."

"섬에서 나와 다른 곳으로 피한다 해도, 저들의 정보망에 또다시 걸리고 말겠군요."

"그래."

생각에 잠긴 알렉스의 표정이 점점 단단해져 갔다. 그가 눈을 떴을 때 나는 그의 눈에 어린 살기를 느낄 수 있었다.

팀 또한 그것을 느끼고는 '왜 그래?' 하는 얼굴로 알렉스를 주시했다.

"스승님께서는 세상에 모습을 보이실 생각이십니까?"

그가 내 생각을 정확히 읽었다.

그런데 어쩐지 그의 어투에서 뾰족한 가시가 느껴졌다.

"그동안 스승님께서 세상의 시선에서 피해 있었던 이유를 그 누구보다도 이 제자가 잘 알고 있습니다. 그런데…… 그런데……."

"사람일이라는 것이 그렇지. 생각대로, 계획대로만은 되지 않는다. 변수가 존재하고 그때마다 계획을 수정해야 한다."

"리차드 청을 제거하면 됩니다."

알렉스가 분출했던 살기의 정체는 바로 그것이었다.

"알렉스?"

팀이 놀란 눈으로 알렉스를 바라봤다.

"이 섬이 발각된 이유는 리차드 청 때문입니다. 리차드 청을 제거하면 문제는 해결됩니다. 이 제자는 스승님께서 리차드 청 때문에 많은 책임을 떠안는 것을 원치 않습니다."

"알렉스! 무슨 말이 그래? 그를 죽이자고?

팀이 바로 언성을 높였다.

"너는 스승님께서 그자 때문에 무슨 결단을 내리신지 모르지? 스승님께서는 이 섬에서 정부와 전쟁을 하시려 하신다."

"사부님. 이 자식이 대체 무슨 소리를 하고 있는 거죠?"

팀의 물음에 알렉스가 대신 대답했다.

"바로 이곳에서, 스승님께서 세상에 모습을 드러낸다는 뜻이다. 더 정확히 말해 줘? 세상 사람들이 스승님에 대해서 알게 될 거란 소리라고."

"드디어?"

"뭐?"

"사부님! 드디어 결단을 내리신겁니까?"

팀 또한 심각해진 얼굴로 나를 바라봤다.

"너야말로 무슨 소리를 하고 있는 거야. 드디어라니? 드디어? 제정신이야?"

알렉스는 당장에라도 팀의 얼굴에 주먹을 꽂아 넣을 듯한 격한 반응을 보였다. 팀은 그런 알렉스에 지지 않고 도리어 당당하게 말했다.

"이 우주를 창조한 자가 있을지도 모르지. 하지만 그는 신이 아니야. 왜인 줄 알아? 그자가 신이라면 이 세상을 이렇게 내버려 뒀겠어? 신이 있다면 이 세상의 악을 보고도 방관하겠어? 신이라면 그러면 안 되는 거야. 그건 방관자에 불과해. 알렉스. 너야말로 제대로 생각해. 사부님은 드디어

신이 되시려는 거야. 드디어! 드디어 말이야."

"네가 그런 생각을 가지고 있는 줄 몰랐군! 너는 네 판타지를 스승님께서 이뤄 주길 원하는 철부지 어린아이에 불과해! 알아?"

"어린아이는 너야. 다른 사람에게 부모를 뺏길까 봐 두려워하는 아이지. 사부님은 인류를 위해서, 이 세상을 위해서 신이 되실 분이야."

"넌…… 정말 너만 생각하고 있어. 경고다."

화악!

갑자기 알렉스가 손을 뻗어 팀의 멱살을 움켜잡았다.

"경고? 너 변했어. 거만한 자식."

팀도 반사적으로 알렉스의 멱살을 잡았다. 내가 말리지 않는다면 사생결단이라도 내려는 듯한 눈들을 하고 있었다.

실제로 둘은 주먹에 기운을 끌어 올리고 있었다.

"그만."

나는 둘을 제지하고 나섰다.

팀이 억울한 얼굴로 나를 쳐다보는 반면에 알렉스는 섬뜩한 눈으로 팀에게서 시선을 떼지 않았다.

그럼에도 불구하고 잡은 멱살을 먼저 놓은 건 알렉스였다.

"죄송합니다. 스승님."

알렉스가 내게 고개를 숙였다.

"권이 염려하는 게 뭔지, 검이 바라는 것인 뭔지 잘 알고 있다."

"다시 말씀드려도 되겠습니까."

나는 고개를 끄덕였다.

"제가 걱정하는 것은 스승님께서 너무 많은 짐을 지실까 하는 것입니다. 세상 사람들이 스승님에 대해 알게 된다면 많은 일들이 일어날 텐데…… 본교는 아직 준비되지 않았습니다. 본교가 이 세상을 품을 수 있는 준비를 마쳤을 때 스승님께서 나서신다면 실존하는 신으로서 인류를 인도하실 수 있으실 겁니다. 하지만 지금 이대로 전면에 나서신다면 이 세상은 변화 없이 도리어 혼란만 일어날 겁니다. 마지막으로 말씀드리자면 이 섬에서의 전쟁은 이겨도 얻는 것이 없습니다."

팀은 화가 식지 않은 얼굴을 하면서도 알렉스의 말을 경청했다.

팀이 바닥으로 시선을 돌린 뒤 생각에 잠겼다.

잠시 후 그가 알렉스를 쳐다보며 입을 열었다.

"알렉스. 궁극적으로 너와 나는 같은 것을 보고 있어. 우리는 그날을 기다리고 있지. 그날, 이 지구에 국가와 인종의 구별이 없는 날, 사상 유래가 없었던 지구 대통합의 날. 사부님께서는 그날을 만드시고, 그 세상에서 신으로 있으실 분이시다."

알렉스는 그렇다고 대답했다.

팀이 계속 말했다.

"그날은 오늘보다 더 좋아질 거야. 하지만 그런 개혁의 날이 오기 위해선 혼란과 희생은 불가피해. 너는 신중하고 나는 그렇지 못하지. 나는 단지 인류의 일원으로서 그날을 하루라도 빨리 보고 싶을 뿐이야. 어떠한 혼란과 희생이 있더라도. 다음 세대가 아닌, 이번 세대에서 그날이 오길 바라."

둘은 의도적으로 그 위험한 단어를 사용하지 않고 두루뭉술하게 넘어갔다.

어떠한 희생이 따르는지 알기 때문에, 차마 입에 담기 위험한 단어.

지구 통일.
단일 국가.

알렉스와 팀의 목표는 같지만 과정이 달랐다.

알렉스는 시간이 걸리더라도 철저한 준비를 마쳐 최소의 희생으로 목표를 달성하고자 하는 것이고, 팀은 인류를 위해서 한시라도 빨리 희생을 감수하고 목표를 달성해야 해야 한다는 것이었다.

둘은 내게 거대한 미래를 기대하고 있었다. 어쩌면 자연스러운 생각일지도 모른다.

'그자'들과의 전쟁에서 이긴다는 뜻은 곧 이 세상의 주인이 된다는 뜻이니 말이다.

그리고 그러한 통치에는 책임이 따를 게다.

내게서 거대한 미래를 기대하고 있는 알렉스에게 있어 리차드 청은 사소한 존재에 불과했다. 그가 개발하고 있는 프로그램도 마찬가지였다.

그는 본교에 리차드 청과 그의 프로그램이 없다 하더라도, 종국에 본교가 '그날'을 이룩할 것이라는 믿음을 가지고 있었다.

도리어 리차드 청이 '그날'을 이룩하는 데 방해가 된다고 생각하고 있었다.

리차드 청의 중요성을 알렉스에게 설명해 줘야 할 필요를 느꼈다.

"나를 세상의 밖으로 이끌어 주고 있는 사람이 누구라고 생각하지? 바로 리차드 청이다. 그를 만나기 전 나는 이 세상의 은둔자이자 방관자에 불과했다. 알렉스, 팀. 너희들이 내게서 그날을 꿈꾸게 되었다면 그 꿈을 실현해 주고 있는 사람이 바로 리차드 청이다. 그는 너희에게도 내게도 소중한 사람이다."

"죄송합니다, 스승님. 제 생각이 짧았습니다."

알렉스가 대답했다.

알렉스는 워낙에 감정을 드러내지 않는 사람이라 그의 표정만 보고서는 진심인지 아닌지는 모른다.

하지만 적어도 내가 리차드 청을 어떻게 생각하고 있는지는 알 수 있었을 거라고 생각한다.

그것이 중요하다.

알렉스는 내가 소중하게 생각하고 있는 사람이라면 그 역시 소중하게 생각하도록 노력할 훌륭할 제자이기 때문이다.

"알렉스."

"예. 스승님."

"내 존재가 이 세상에 알려지길 가장 원치 않을 사람들이 누굴까. 그것을 생각해 본다면 조금이나마 네 걱정을 덜 수 있을 거라 생각한다."

바로 그자들이다.

* * *

푸니타 가족들의 얼굴이 어두워졌다.

내게서 건네받은 총을 받고, 경비정에서 발광하는 것으로 추정되는 불빛이 바다를 위를 유유히 움직이고 있는 모습을 보고 있노라니 비로소 위협이 느껴졌기 때문이다.

푸니타 가족뿐만 아니라 리차드 청이 데리고 온 다른 해커 교도들 또한 불안한 표정들을 짓고 있었다.

그들은 모두 밀튼과 마이크에게 총기 사용법을 배워 익혔다.

목표를 정확히 겨냥하고 발사하기 위해선 시간을 두고 꾸준한 연습을 해야 한다. 그래서 밀튼과 마이크는 안전하게 총기를 다루는 법을 중점으로 그들을 가르쳤다.

섬에 남고 싶다면 위험을 감수해야만 한다는 사실을 그들 모두가 잘 알고 있었기 때문에, 밀튼과 마이크의 교육에 매우 열심이었다.

나도 다른 사람들처럼 밀튼과 마이크의 강습을 받아 총기를 다루는 법을 배웠다.

팀은 그런 내 모습을 보며 의미를 알 수 없는 미소를 지었다.

"정. 타격대가 온다고 해도 교주님께서 우리를 구해 주시겠지?"

웹상에서는 트리뷴이라는 닉네임을 쓰는 해커 교도가 모두가 있는 자리에서 물었다. 그는 다른 해커 교도들처럼 집회에서 내 신위를 본 적이 있었다.

그래서일까.

해커 교도 집단은 집회에 참가하지 않았던 푸니타 가족들에 비해서 다소 안정적인 모습이었다.

"잘 말씀하셨습니다. 싸울 각오가 되어 있지 않고, 스스로를 지킬 생각이 없는 분이 계시다면 말씀해 주세요. 지금이라도 이 섬에서 나갈 수 있는 방법을 찾아보겠습니다."

"내 말뜻은 그게 아니야."

"제 말뜻도 그렇습니다. 여기에 계신 분들은 자청해서 남아 계신 분들입니다. 본교를 위한 헌신. 그 마음을 모르는 것은 아닙니다. 하지만 모든 것을 교주님께 의지해서는 안 됩니다. 더욱이 다른 누구의 것도 아닌 자신의 목숨입니다. 그럴 각오가 되어 있지 않으신 분은 지금이라도 말씀해 주십시오. 진심입니다. 본교는 여러분들의 헌신을 잊지 않겠지만, 그것보다 먼저 교도들에게 피해가 가지 않길 바랍니다."

말을 끝마치면서 '너는 어떻게 생각해?'라는 눈빛으로 트리뷴을 바라봤다.

트리뷴은 담담하게 고개를 끄덕였다.

"오늘부터는 모두 4층 홀에서 다 같이 합숙을 할 겁니다.

불편하더라도 모두의 안전을 위해, 문제가 해결될 때까지 그렇게 할 겁니다."

그때 푸니타의 아버지가 손을 들었다.

그에게 발언권을 줬다.

푸니타가 그녀의 아버지 말을 통역해 대신 말했다.

"정부에서 타격대를 보내는 게 확실한가요? 그렇다면 왜 아직까지 조용한 거죠?"

나와 눈이 마주친 트리뷴이 대신 대답하기 시작했다.

"확실합니다. 그런데 관할권 때문에 서로 의견을 조율하고 있는 것 같네요. 저들이 하는 일이 그렇죠. 다들 알잖아요."

그 점에 대해서는 리차드 청에게 보고를 받은 바 있다.

발생지가 캘리포니아 주 사유지 섬이기 때문에 연안 경비대가, 그리고 표면상 고위험 테러리스트로 규정된 리차드와 그의 무리들이 있기 때문에 네이비씰(Navy Seal: 미 해군 특수 부대)과 델타포스(Delta Force: 미 육군 특수 부대)가 관할권을 두고 조율 중이라는 것이다.

우리는 그 가운데 네이비씰, 그중에서도 6팀이 타격해 올 거라고 추정하고 있다.

씰 팀6는 세계 각 지역을 맡고 있는 다른 씰 팀들과는 달리 지정된 근무지가 없이 임무를 수행한다.

리차드 청이 비밀리에 감춰진 씰 팀6의 멤버 중 한 명을 추적하는 데 성공했고 그에게 캘리포니아 주로 소집 명령이 떨어졌음을 확인해 우리의 심증이 더욱 굳어졌다.

그들은 명실상부 세계 최고의 특수 부대 중 하나로, 최근에는 파키스탄에서 빈 라덴을 저격하기도 했다.

네이비씰 6팀이 온다.

그것은 거의 확실했다.

그럼에도 불구하고 트리뷴이 푸니타 가족들에게 그것을 말하지 않은 것은 그들을 더욱 걱정시키지 않기 위해서였던 것 같다.

총기 강습이 끝난 후 우리는 합숙하게 될 4층으로 이동했다.

리차드 청의 해커 그룹은 신속하게 움직일 수 있는 기기와 전산망을 4층으로 옮긴 후 해킹 작업을 시작했고, 푸니타 가족들은 식량, 그리고 모포와 옷 등의 생필품을 챙겼다.

나는 그 광경을 지켜보다가 팀과 알렉스를 따로 불러 자리를 옮겼다.

"조만간 네이비씰 6팀이 올 거다. 빠르면 내일이 될 수 있고 늦어도 삼 일 이내에 타격해 오겠지."

"그 네이비씰이요?"

팀이 반신반의하는 얼굴로 반문했다. 내가 그렇다고 대답하자 팀은 '이야'라고 감탄사만 뿜어낼 뿐 할 말을 잃었다.

평소에 핵을 떨어트리지 않는 이상 아무런 소용이 없을 거라고 장난삼아 이야기하던 팀은 네이비씰이란 이름에 당황하는 모습을 보였다.

"저희들이 무엇을 하면 되겠습니까."

알렉스가 말했다.

"내가 저들을 상대하는 사이, 너희들은 교도들을 보호해야 한다."

"예."

알렉스가 이렇다 할 반문 없이 믿음직스럽게 대답했다.

"특수 부대의 타격은 동시다발적으로 일어난다. 위에서, 옆에서, 밑에서. 최대한 내가 저들을 무력화시키도록 움직이겠지만 빈틈이 생길 수밖에 없다. 그 빈틈을 너희 둘이서 맡아야 한다."

둘의 힘은 이 세상의 범인을 초월하는 것이기는 하지만 현대 무기까지 능가할 정도는 아니었다.

하지만 밀튼과 마이크의 총기 강습 중에 보여 준 둘의 사격 실력은 가히 일품이었다.

무공으로 얻은 뛰어난 안력과 집중력, 그리고 순발력으로 총기를 다루니 처음 다루는 총기임에도 불구하고 대단한 실력을 보이는 건 매우 당연했다.

모두들 둘의 사격 실력에 몇 번이나 감탄하면서 혀를 내둘렀었다.

우스갯소리로 사격 세계 선수권 대회에 나가면 우승은 따 놓은 당상이라 할 정도니 말이다.

"저들의 작전을 알면 방비하는 데 수월하지 않겠습니까?"

알렉스가 물었다.

그 점은 나도 아쉬웠다.

"리차드 청이 그러더군. 해킹은 방심하는 틈을 노리는 거라고. 하지만 리차드 청을 상대해야 하는 것을 알기 때문인지 저들이 꽤 많은 인력을 투입해 방화벽을 지키고 있다고 한다. 해서 리차드 청과 교도들이 그 방화벽을 뚫는 데 애를 먹고 있다. 충분한 시간이 있다면 뚫을 수 있다고 확신을 하지만, 우리는 그 전에 저들이 들이닥칠 거라고 생각한다."

"그쪽도 그쪽 나름대로 전쟁 중이네요."

팀이 권총을 만지작거리며 말했다.

"우리 쪽이 먼저 저쪽의 방화벽을 부수는 데 성공하면 내가 움직이는 게 쉽겠지. 그래도 동시다발적으로 타격해 올 거라는 점에서는 의심의 여지가 없다. 해서 교도들을 지키려면 너희들이 있어야 한다는 것이다."

내가 최대한 막아 보겠지만 확신은 할 수 없다.

눈 먼 총알이 있을지도 모르는 일이었다.

"그래도 섬이라서 다행입니다."

알렉스가 말했다.

나도 그 말에 공감했다.

기동타격대원들은 현장에서 상대한다고 해도 저격수들은 다르다.

내게 문제 될 것은 없지만 팀과 알렉스에게는 아니었다.

팀과 알렉스가 교도들을 보호하고 있는 사이 저격수들이 둘을 노린다면 둘은 꼼짝없이 죽은 목숨이다.

저쪽 세상에서도 날아오는 총알을 보고 피할 수 있는 사람은 나 외엔 없다. 총을 쏘기 전에 제압하거나, 육감적으로 피할 수 있어도 말이다. 그러나 저격수의 총탄은······.

"하지만."

둘이 내게 집중했다.

"네이비씰 정도의 특수 부대라면 항공에서 저격이 가능하다. 해안으로도 침투할 수 있고."

"하지만 어떤 헬기가 사부님 머리 위에서 떠 있을 수 있을까요."

팀이 말하고 알렉스가 고개를 끄덕였다.

나는 계속 말했다.

"그래도 확신은 하지 마라. 상황이 어떻게 변할지는 아무도 모른다."

이 세상의 최첨단화된 무력 집단을 상대하는 건 이번이 처음이라고 할 수 있었다.

"최대한 주의를 기울이고 너희 둘과 교도들의 안전에 신경 써라."

"예."

둘이 동시에 대답했다.

"그리고 또 한 가지. 너희 둘은 숨을 얼마나 오래 참을 수 있지?"

내 물음에 팀이 '어?' 하는 당황하는 표정을 짓다가 5분쯤 될 거라고 대답했다. 그것만으로도 인간의 한계에 달하는 정도라고 할 수 있지만 그것으로는 충분하지 않다고 생각했다.

화학탄이 날아와서도 오랜 시간을 숨을 참고 적을 상대할 수 있어야 한다.

그거면 된다.

둘이 익힌 외공으로 피부는 얼마든지 보호할 수 있으니까.

"지금 너희들이 익혀야 할 게 있다. 자흡대법(紫吸大法)이란 것으로, 지금 너희 둘의 경지라면 반나절이면 익힐 수 있을 것이다."

자흡대법은 저쪽 세상에서 귀식대법(龜息大法)이 있게 한 원류(原流)로, 이 대법을 시전하면 얼굴이 자색으로 변한다고 하여 그런 명칭이 붙여졌다고 하는데 한 시간은 능히 숨을 유지할 수가 있을 것이다.

*　　*　　*

"정은 떨리지 않아요?"

창밖의 바다에 깔린 어둠을 지켜보고 있을 때 뒤에서 푸니타의 목소리가 들렸다. 조금 전까지만 해도 그녀는 가족들과 함께 본교의 교리에 따라 좌선법을 하고 있었다.

"왜 떨리지 않겠어요. 사람들이 다칠까 많이 걱정됩니다."

푸니타는 내 옆으로 나란히 서서 내가 바라보는 곳을 쳐다봤다.

"뭘 보고 있어요? 저 불빛들은 어디에서 나오는 거예요?"

그녀는 어둠뿐인 저 멀리에서 불빛 서너 개가 유유히 움직이는 것을 보며 말했다.

"경비정입니다. 우리를 감시하고 있는 거죠."

"아……."

"가족분들은 어때요?"

"본교의 교리는 신기해요. 다들 겁먹지 않으려고 노력은 하고 있었지만 그래도 사람이 마음대로 그렇게 되지는 않잖아요. 하지만 본교의 교리대로 수련하면 잠시뿐이라도 걱정을 잊고 용기를 낼 수 있어요."

"수련을 계속하고, 후에 경전 하권을 받으면 그 청명함과 용기가 유지되는 시간이 점점 길어질 겁니다."

"그래서인가요?"

"네?"

"그래서 정은 그렇게 차분할 수 있는 건가요. 저 밖에서 총을 메고 돌아다니는……."

"밀튼이요?"

"예. 그 교도분은 군인이잖아요. 세계 전쟁터를 찾아다니는 군인이요. 우리가 보지 못한 것도 많이 보고 겪지 말아야 할 일도 많이 겪었겠죠. 그런 분인데 정신이 얼마나 강하겠어요. 그런데도 얼굴이 어두워졌어요. 하지만 정은 그렇지가 않아요."

나는 말없이 눈웃음만 지었다.

"저는…… 저는…… 그게 조금 그래요."

"예?"

"타격대가 오는 거죠?"

"내일이나 모래쯤. 정확한 시간은 아직 모릅니다."

"……"

그녀는 잠깐 말이 없다가, 나와 같이 바다 쪽으로 시선을 유지하며 입을 열었다.

"조심해요. 다른 사람 걱정보다도 정을 먼저 생각하세요. 저는 정이 다칠까 봐 무서워요."

"생각해 줘서 고맙습니다. 하지만 나는 정말 괜찮습니다."

푸니타 쪽으로 몸을 돌려 그녀를 바라봤다.

그녀는 부끄러운 얼굴로 창밖만 응시했다.

그녀가 내게 품는 감정이 뭔지 잘 알고 있어, 나는 왠지 그녀에게 미안한 마음이 들었다.

나는 그 미안함을 대신하는 방법을 알고 있다.

그녀와 그녀의 가족들을 타격대로부터 안전하게 지켜 주는 것.

아무리 자청해서 섬에 남았다고 해도 교도들의 안전은 내 책임이다.

"걱정 말아요. 푸니타. 시련은 잠깐뿐, 전부 괜찮아질 겁니다."

비로소 푸니타는 희미한 미소를 품은 얼굴로 고개를 끄덕인 다음 그녀의 가족들에게로 돌아갔다.

창밖은 여전히 어둠뿐이고, 경비정의 불빛만이 유유히 움직이고 있다.

제7장
불청객들

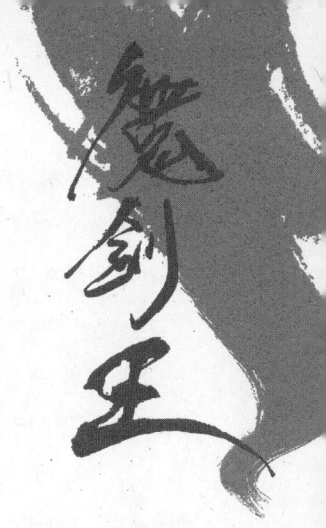

 타격대가 언제 돌입할지 모르는 가운데 만 하루가 지났다.

 나는 또다시 바다에 깔린 어둠을 보면서 오늘 올지도 모르는 타격대를 기다렸다.

 쥐 죽은 듯이 고요한 4층 대합실에서 들리는 소리라고는 오로지 키보드 두드리는 소리와 마우스 클릭 소리뿐이었다.

 푸니타의 여자 형제들은 미 정부의 해커 요원들과 소리 없는 싸움을 하고 있는 우리 측 해커 교도들의 시중을 들고 있었다.

그네들의 허리춤에 꽂힌 권총을 보면서 씁쓸하면서도 불안한 마음이 드는 게 사실이었다.

해안 순찰을 돌고 있는 사람들을 모두 대합실로 불렀다.

초조했기 때문일까.

내가 잠깐 옥상에 올라갔다 온 사이에 밀튼과 마이크가 푸니타의 남자 형제들을 데리고 해안을 순찰하고 있었다.

내 부름에 대합실로 돌아온 밀튼이 내게 와 말했다.

"그들은 해안으로 침투해 올 거야. 나는 그들의 방식을 알아."

밀튼이 말했다.

"해안은 위험합니다. 해안을 순찰하는 사람들이 너무 노출돼 있어요. 두 분의 경력을 경시하는 게 아닙니다. 하지만 저들은 푸니타의 남자 형제들과는 달리 고도로 훈련된 병사입니다."

"해안은······."

밀튼이 말을 다 끝마치기도 전에 알렉스가 앞으로 나섰다.

"밀튼, 마이크. 정의 통제에 따라."

"여러분들은 다 같이 대합실에서 있어야 합니다. 절대 그 누구도 대합실에서 벗어나지 마십시오. 밀튼과 마이크도 마찬가지입니다."

목소리에 힘을 담아 말했다.

밀튼과 마이크는 수긍하고 그렇게 하겠다고는 했지만 못마땅한 얼굴을 했다.

하지만 나는 그런 둘을 이해한다.

둘은 미군의 특수 부대 중 하나인 델타포스 출신으로 우리 중 그 누구보다도 특수 부대가 어떤 식으로 작전을 펼치는지 잘 알고 있다.

둘이 입을 맞춰서 네이비씰 팀이 해안으로 침투해 올 거라고 한다면 그렇게 될 거다. 그런 상황에서 막연히 4층 대합실에 모여 있어야 하는 상황이 둘에게는 얼마나 갑갑하고 불안할까.

"두 분의 임무는 타격대의 침투를 저지하는 게 아닙니다. 그건 아무리 두 분이라도 지금 상황에선 불가능한 임무죠. 제가 두 분께 주는 임무는 교주님께서 오실 동안 대합실에서 교도들을 지켜 달라는 겁니다."

"교주님께서 오셔?"

그 말에 모든 사람들이 작업을 멈추고 나를 바라봤다.

"그렇습니다. 교주님께서 오십니다."

확신을 가득 담아 말했다.

비로소 사람들의 얼굴이 밝아졌으나 그것도 매우 잠시뿐, 사람들은 다시 초조해하기 시작했다.

"아직 방화벽을 뚫지 못했어?"

리차드 청에게 물었다.

그가 모니터에서 시선을 떼지 않은 채 그렇다고 대답했다.

세계 제일의 실력을 가지고 있다고는 하나, 미 정부 측에서도 공격해 오는 곳을 알고 전력을 다해 방어하고 있는 탓에 작업이 쉽게 이뤄지지 않는 모양이다.

그때였다.

팟!

갑자기 대합실이 어두워졌다.

형광등이 나갔고, 배터리 잔량이 남은 노트북 모니터 불빛만이 어둠 속에 떠 있었다.

"젱!"

놀란 푸니타의 목소리가 어둠 속에서 들렸다.

"시작된 거야!"

이번에는 마이크의 목소리였다.

안력을 키우자 당황하는 사람들의 모습이 훤히 보였다.

그때 팀과 알렉스와 눈이 마주쳤다.

나는 둘에게 고개를 끄덕여 보였다.

팀과 알렉스는 밀튼과 마이크를 불러 푸니타의 가족들을 창에서 멀리 떨어진 대합실 구석으로 이끌었다.

거기까지 확인한 나는 대합실 밖으로 튀어 나갔다. 등 뒤로 '정은 어디 있어요?' 하는 푸니타의 외침 소리가 들렸다.

저택 밖으로 나왔을 때 나는 역용을 마쳤다. 붉은 가면을 쓰고 교주가 됐을 때는 총괄자 '정(Jung)'과는 또 다른 모습으로 역용한다.

진짜 신분을 감추기 위한 일종의 보안 체계라고 할 수 있다.

저번 집회 때 썼던 붉은 가면을 쓴 후, 철썩철썩 소리를 내는 해안으로 천천히 걸어갔다. 하늘을 올려다봐도, 바다를 쳐다봐도 타격대는 없었다.

기운도 느껴지지 않았다.

잠시 후 섬의 동쪽과 서쪽, 양 갈래에서 오는 두 집단의 기운이 느껴졌기 시작했다.

열두 명씩 두 집단.

그것은 곧 여섯 명씩 네 집단으로 나눠져 저택으로 빠르게 접근하기 시작했다.

네이비씰 6팀은 총 네 개 분대로 작전을 진행하고 있는 것이다.

우려와는 달리 항공에선 별다른 움직임이 느껴지지 않는다.

다행이다.

밀튼과 마이크가 예측했듯이 네이비씰은 그들의 전통적인 방법을 택했다.

해안 침투, 잠입, 포위, 타격, 목표 확보.

동쪽으로 먼저 몸을 돌렸다.

동쪽의 두 개 분대 중에서도 제일 앞장서고 있는 분대를 목표로 삼았다.

스스슷.

나는 푸니타 가족들이 아직 채 정리하지 못한 수풀들을 스치며 달려 나갔다. 그러면서 귀를 열어 은밀하게 타격대가 주고받는 교신을 들었다.

동쪽에서 선두로 진입하고 있는 팀이 알파 팀이고 백업을 하고 있는 게 브라보 팀이었으며, 서쪽에선 마찬가지로 찰리와 델타 팀이 같은 식으로 접근하고 있다.

[알파 팀이 3지점 찰리 팀이 6지점까지 진입했다. 브라보 팀과 델타 팀도 3지점과 6지점까지 진입.]

청력에 더 집중하자 그들의 이어폰으로 새어 나오는 통제실의 소리도 들렸다.

[알파 팀 3지점 확보]

[찰리 팀 6지점 확보]

[브라보 팀 3지점으로 이동 중]

[델타 팀 6지점으로 이동 중]

각 네 개 분대와 통제실이 교신을 빠르게 주고받았다.

[알파 팀과 브라보 팀 합류 완료.]

통제실의 교신이었다.

[찰리 팀과 델타 팀 합류 완료. 알파 팀은 2지점으로 찰리 팀은 4지점까지 진입. 영상 수신 원활하다. 델타 팀 5의 영상 우측 수풀에서 움직임을 감지했다.]

[이상 없음. 야생 동물로 추정.]

[찰리 팀 3의 영상 좌측 바위 쪽에서 움직임을 감지했다.]

[이상 없음.]

그들의 교신은 내 생각보다 빠르게 이뤄지고 있었다. 오감이 날카롭게 섰다. 손에 잡힐 듯 그들의 움직임이 느껴졌다.

나는 확신했다.

그들의 경로를 예측했을 때 알파 팀은 저택 뒤쪽을, 찰리 팀은 저택 앞쪽으로 이동할 것임을 직감했다.

[12지점에서 알파 팀으로 향하는 열 움직임이 포착됐다. 빠르게 이동 중이다. 시속 80마일. 경계, 확인하라.]

통제실에서 급하게 전하는 교신이 네 개 분대의 이어폰에서 동시에 울렸다.

알파 팀으로 향하는 열 움직임이라고?

놀라 걸음을 멈췄다.

주위를 보았다.

아무것도 없다.

하늘을 올려다봤다.

그곳에도 무언가는 없었다.

무엇이 나를 지켜보고 감지하고 있는 거지?

[열 움직임이 11지점에서 멈췄다.]

내가 다시 알파 팀 쪽으로 움직이자.

[열 움직임이 알파 팀으로 향한다. 시속 72마일.]

[알파1입니다. 그렇게 움직이는 야생 동물은 없습니다. 재확인 요망.]

저들의 교신에서 처음으로 개인의 의견이 나왔다.

[열 움직임이 알파 팀으로 향하는 중이다. 시속 83마일. 주의하라. 열 움직임이 1지점에서 2지점으로 이동한다. 알파 팀, 시야에서 확인되지 않는가.]

내 쪽에서 먼저 확인된다.

전략 장비로 무장한 6인 분대가 수풀에서 천천히 걸어오는 게 보였다.

그들이 바로 알파 팀이었다.

세계 최고 정예 부대라고 자타가 공인하는 네이비씰 6팀이었다.

[열 움직임이 멈췄다. 알파1의 전방 120야드 부근. 전방

120야드. 시야에서 확인되지 않는가.]

[알파1. 시야에서는 확인되지 않지만 열 움직임이 포착됐다. 사람이다, 사람이다. 아마도 바이크를 타고 온 것 같다. 제압하겠다.]

처음에 그들의 교신은 기계처럼 이뤄졌으나 이제는 사람의 감정이 물씬 느껴지고 있었다.

저들은 내가 보이지 않는 모양이지만 나는 저들의 모습이 훤히 보였다. 저들은 단지 나를 열로서 감지하고 있을 뿐이었다.

탓!

지면을 박차고 허공으로 뛰어 올랐다.

[제압 목표가 움직였다. 알파 팀으로 향한다. 시속 81마일. 육안으로 확인가능할 것이다. 키퍼(Keeper)임을 확인한 후, 키퍼가 아닐 경우엔 사살해도 좋다.]

[확인 불가능하다! 제압 목표가 보이지 않는다.]

[현재 32야드 앞이다.]

[보이지 않는다.]

"위! 위! 위야!"

[위! 위! 위야!]

이어폰에서 들리는 교신 소리와 대원의 외침이 동시에 들렸다.

나는 분대의 뒤로 착지했다.

제일 첫 번째 눈에 들어온 대원의 목을 가격했다.

"억!"

[억!]

네 개 분대, 24인의 이어폰에서 그 소리가 울려 퍼졌다.

"공격받고 있다(Taking Fire)!"

[공격받고 있다!]

나는 그렇게 말한 대원에게 탄지(彈指)를 날렸다. 남은 넷이 내 쪽으로 총구를 향했다. 전략 장비로 무장, 적외선 야시경을 쓴 그들은 사람이라기보다는 기계처럼 보였다.

그들은 바로 내 앞에 있었다. 주먹을 뻗으면 닿을 만큼 가까웠다.

기운을 일으켜 팔을 휘둘렀다.

나를 죽이기 위해 쥐고 있던 자동화기들이 그들의 손아귀를 떠나 사방으로 뿔뿔이 날아갔다.

그들이 쓰고 있는 전략 장비들 탓에 얼굴에서 보이는 면적은 오로지 입뿐이었다. 누구는 입을 쩍 벌리고, 누구는 이를 악문다. 그리고 누구는 계속해서 '공격받았다.'라고 말한다.

앞쪽에 있는 둘을 가격해 기절시켰다.

둘 남았다.

그 둘은 뒷걸음질 치면서 마치 약속이라도 한 듯 허리춤에 있던 군사용 단검을 꺼내 들었다.

기운을 일으켜 그들을 짓눌렀다. 그들은 단검을 사용해 보기도 전에 손을 덜덜 떨면서 무기를 땅에 떨어트리고는 그 자리에 주저앉았다.

완전히 무력해진 그들이 나를 올려다보고 있다.

손을 뻗어 둘을 점혈했다.

[알파 팀, 브라보 팀 보고하라.]

[브라보 팀. 2지점에 도달. 알파 팀이 제압당했다. 육안으로 보인다. 다시 말한다. 알파 팀 모두가 죽었다. 제압 목표를 사살하겠다.]

[키퍼임을 확인하라.]

[젠장! 혼자서 알파 팀을 모두 죽였는데 그게 키퍼일 것 같습니까? 그게 말이 됩니까? 지금 방아쇠를 당기면 사살할 수 있습니다.]

[키퍼임을 확인하라. 찰리 팀, 델타 팀은 2지점으로 신속히 이동하라.]

[찰리 팀. 알았다.]

[델타 팀. 알았다.]

[브라보 팀…… 알았다. 키퍼임을 확인하겠다.]

알파 팀의 여섯 대원은 모두 점혈당해 쓰러졌다. 교신 내

용대로 동쪽 수풀 쪽에서 다가오는 그들, 브라보 팀 6인의 모습이 보였다.

그들은 총구를 내게 향한 채 걸어오고 있었다. 그들과의 거리는 30m 정도로 상당히 가까워졌다.

[통제실. 제압 목표가 보입니까? 키퍼입니까?]

[키퍼가 아니다. 사살해도 좋다. 사살하라.]

통제실의 허가가 떨어졌다. 그러기 무섭게 그들의 총구에서 불꽃이 번쩍이기 시작하면서 우레와 같은 소리를 뿜어냈다.

드드드득.

내게 날아오는 수백 발의 총탄이 한 발 한 발 시선에 잡혔다.

내가 그것들을 피해 허공으로 뛰어오르는 속도보다도 그것들이 더 빠르다.

그러나 단전에서 순간적으로 터져 나오는 겁화의 기운은 총탄의 속도를 초월한다. 총탄들이 바로 내 앞에서 강기(剛氣)를 뚫지 못하고 녹아내렸다.

그것들은 뻘건 비로 변해 지면으로 주르륵 흘러내렸다.

강기를 유지한 채로 브라보 팀을 향해 질주했다.

[죽질 않아! 온다! 쏴! 쏴!]

[통제실! 통제실!]

[영상으로 보고 있다. 사태를 파악 중이다. 브라보 팀은 목표를 제압하라.]

[이런 건 듣도 보도 못 했어! 찰리 팀. 델타 팀! 우리 팀이 공격당한다.]

[찰리 팀. 1지점을 돌파했다.]

[델타 팀. 바로 가겠다. 조금만 시간을 벌어!]

사방에서 교신이 정신없이 이뤄지는 가운데, 나는 어느덧 브라보 팀 앞에 이르렀다. 그들의 총알집에는 더 이상 총알이 남아 있지 않았다.

"통…… 통제실. 보고 있습니까. 광채…… 붉은 광채가 보입니까? 저게 뭡니까? 사람이긴 합니까?"

[통…… 통제실. 보고 있습니까. 광채…… 붉은 광채가 보입니까. 저게 뭡니까. 사람이긴 합니까?]

대원은 내 강기를 붉은 광채라고 지칭했다.

어떻게 부르든 상관없었다.

나는 그대로 브라보 팀 중앙을 파고들었고, 빠르게 세 명을 점혈했다.

손가락을 튕겼다.

세 줄기의 탄지가 어떤 것은 직선으로 어떤 것은 곡선으로 휘어지면서 남은 셋의 목표한 혈에 적중했다.

그렇게 브라보 팀 모두 쓰러졌을 때 통제실의 교신 소리가 들렸다.

[알파 팀. 브라보 팀. 모두 전사했다. 찰리 팀과 델타 팀은 14지점으로 후퇴하라. 임무를 철회한다. 다시 말한다. 찰리 팀과 델타 팀은 14지점으로 후퇴하라.]

[크…… 윽]

[뭐가 어떻게 된 거야?]

[임무를 철회한다. 14지점으로 후퇴하라.]

[알파 팀과 브라보 팀이 모두 전사했어?]

[다들 조용히 하고 명령에 따라. 우리는 14지점으로 후퇴한다. 브라운, 리, 빨리 움직여.]

[이런 개 같은. 다 죽어 버렸어! 리틀 케이는 결혼식이 다음 주였다고. 그런데 이대로 후퇴하라고? 이런 법이 어디 있습니까.]

[움직여!]

내 쪽으로 이동 중이던 찰리 팀과 델타 팀이 반대로 방향을 틀었다.

그들을 그대로 보낼 생각이 없었다. 알파와 브라보 팀은 모두 점혈돼 혼절한 상태, 나 또한 그 지역에서 벗어나 찰리 팀을 추격했다

[열 움직임이 찰리 팀으로 향한다. 시속 102마일. 1230야드. 시속 110마일. 1180야드. 시속 113마일. 1100야드. 시

속 120마일. 900야드.]

[120마일입니까? 확인 바랍니다.]

[120마일이다.]

[여기는 그만한 속도를 낼 수 있는 지역이 아닙니다. 재확인 바랍니다.]

[130마일이다.]

[재확인 바랍니다.]

[132마일. 가속 중이다.]

[그런 속도라면 우리 팀은 후퇴할 수 없습니다. 따라잡힙니다. 통제실. 우리에게 숨기는 게 있었습니까? 대체 우리가 상대하는 게 뭡니까? 키퍼의 신상을 확보하는 게 이번 임무가 아니었습니까?]

그런 교신이 계속 이어졌다.

잠시 후.

드디어 찰리 팀의 모습이 시선에 들어왔다.

고지대에서 내려다본 그들은 등을 보인 채 전속력으로 뛰고 있었다.

[적이 찰리 팀 후방 300야드까지 접근했다. 델타 팀은 찰리 팀과 합류해 후퇴하라.]

나는 지면을 박차 마지막 목표를 향해 속도를 냈다.

찰리 팀과 조금씩 가까워졌다.

그리고 그들의 모습도 점점 커지고 뚜렷하게 보이기 시작했다.

이윽고 찰리 팀과 델타 팀이 한곳에서 합류했다. 그들은 더 이상 도망칠 수 없다고 판단했는지 은폐물을 찾아 자리를 잡았다.

나무와 바위, 그리고 도랑 등에 자세를 잡고 언제든 사격할 준비를 마쳤다.

하지만 안타깝게도 그들은 나를 상대할 수 있을 만한 힘이 없었다. 최첨단화된 전략 장비와 화기들은 내게 소용이 없었다.

그들의 정중앙에 착지해 보이는 대로 눈에 들어오는 순서대로 대원들을 제압했다.

[델타 팀, 찰리 팀. 보고하라. 보고하라.]

안타까운 통제실의 목소리가 대원들이 이어폰에서 흘러나왔다.

나는 그중에 하나를 집어들어 마이크 부근에 대고 말했다.

"너희들은 이 섬을 공격할 수 없다."

그러고는 이어폰이 달린 전략 장비를 발로 밟아 부서트렸다.

＊　　　＊　　　＊

 저택 4층 대합실 문을 열자마자 공력이 서린 주먹이 날아왔다. 살기를 고스란히 뿜어내고 있는 알렉스의 얼굴이 정면으로 보였다.

 그는 나를 보고는 황급히 공격을 거뒀다.

 계단을 밟는 발자국 소리를 듣고 바로 문 앞에서 기다리고 있었던 모양이다.

 괜찮아.

 그런 얼굴로 알렉스에게 고개를 끄덕인 다음 그를 스쳐 지나가 교도들에게로 향했다.

 내가 떠나 있던 사이 다들 어둠에 눈이 익숙해졌는지 일제히 나를 올려다봤다.

 "우선은 끝났습니다."

 내가 말했다.

 "우선은? 그게 무슨 말이죠?"

 교도 무리 속에서 한 음성이 툭 튀어나왔다?

 "교주님께서 본교의 침입자들을 모두 처단하셨습니다."

 "네이비씰…… 을요?"

 갑자기 교도들이 웅성거리기 시작했다.

 "그렇습니다. 전기를 관리하고 계셨던 분이 푸니타의 오빠였죠? 푸니타. 오빠와 함께 비상 발전을 가동시키시고 나머지 남성분들은 모두 저를 따라오세요. 손이 많이 필요합니다."

"정? 정말로 이게 다예요?"

푸니타였다.

"그래요. 푸니타. 저들이 조만간 다시 공격해 오긴 하겠지만 오늘은 이걸로 끝입니다. 그럼 나머지 분들은 저를 따라오세요. 다들 긴장을 많이 해서 시장하실 텐데, 여성분들은 비상 발전이 가동되는 대로 여성분들이 식사 준비를 해주시고요."

나는 그렇게 말한 후 몸을 돌렸다. 등 뒤로 여러 목소리들이 들렸다.

가족들에게 내 말을 통역하는 푸니타, 현 상황이 믿기지 않는다고 조잘대는 두 남성, 그런 교도들에게 통제에 따라달라고 명령조로 말하는 알렉스, 의미를 알 수 없는 스페인어로 소리 죽여 대화를 나누는 푸니타의 남자 형제들.

그들이 나를 따라오고 있었다.

우리는 그렇게 점혈당한 알파 팀 대원들이 있는 장소로 이동을 시작했다.

바스락, 바스락.

푸니타의 남자 형제들이 그간 정리하고 있었던 수풀 지역을 지났다.

그러자 미처 정리를 끝내지 못한 울창한 수풀 지역이 나타났다. 밀튼이 손전등으로 그 음침한 곳을 비추면서 내게 물었다.

"교주님은?"

"교주님께서는 제게 후속 조치를 위임하신 후 사라지셨습니다."

"도대체 어떻게 돌아가는 거야. 정, 너는 다 알고 있지? 그리고 여긴 왜 이렇게 조용한 거야."

그는 잔뜩 긴장한 얼굴을 하고 있었다. 바람에 수풀이 움직여 조그마한 소리라도 내면, 그곳으로 총과 함께 손전등을 비추는 그는 전장의 중심에 선 듯 모든 신경을 집중하고 있었다.

"타격대는 이제 없습니다. 괜찮아요. 곧 보시면 아실 겁니다."

그렇게 말하며 팀에게 전방의 수풀을 턱짓해 가리켰다.

팀이 정글도로 가지들을 치며 앞으로 나가기 시작했다.

우리는 그가 만든 길을 따라 걸었다.

약간의 시간이 지났을 때 이제는 거리가 상당히 멀어진 저택에서 불빛이 보였다.

그와 동시에 해안가에 곳곳에 설치된 조명등이 매우 밝은

빛을 터트렸다.

비상 전력이 가동된 것이다.

해안가의 조명등으로 인해 우리가 서 있는 수풀 지역도 약간 밝아졌다.

"우리는 뭘 찾고 있는 거지?"

마이크가 내게 와 속삭이듯 물었다.

"교주님께서 몇 군데를 알려 주셨습니다. 거의 온 것 같은데……."

"다들 엎드려!"

밀튼이 갑자기 소리치면서 그의 옆에서 같이 걸어가고 있던 푸니타 남자 형제를 강제로 눕혔다. 마이크도 반사적으로 반응해서 내 어깨를 눌렀는데, 그는 나를 조금도 어떻게 하지 못했다.

"엎드려, 정."

어느새 땅에 엎드려 있는 마이크가 나를 올려다보며 말했다.

푸니타의 남자 형제들도 전부 엎드려 있었고, 나와 팀, 그리고 알렉스만이 가만히 서서 그들을 내려다보고 있었다.

"전방에 그들이 있어. 빨리 엎드려!"

밀튼의 목소리가 무척 다급하게 들렸다.

그는 엎드려 쏴 자세를 취하고는 내게 몇 번이고 엎드리라고 말했다.

"다시 확인해 보세요."

빙그레 웃으면서 대답했다.

밀튼이 조심스럽게 자세를 펴면서 손전등으로 전방을 밝혔다. 그러자 쓰러져 있는 사람들의 모습들이 나타났다.

네비이씰 6팀.

그중에서도 알파 팀이다.

전략 장비로 무장한 상태로 혼잡하게 쓰러져 있는 그들의 모습에 교도들이 어리둥절한 표정으로 나를 쳐다봤다.

나는 단지 어깨를 으쓱하는 것으로 대답을 대신했다.

마이크가 그중에서 한 명을 총으로 겨누고, 밀튼이 군화 발로 툭툭 건들었다.

"이 자식들 숙박료는 내고 뻗어 있는 거야? 정, 이게 그러니까?"

그는 그제야 여유가 돌아온 것 같다.

알파 팀 모두의 상태를 확인한 뒤였다.

"예."

"교주님께서 오셨었다고?"

"그렇습니다."

푸니타 남자 형제들은 알파 팀의 무장을 해제하면서 감탄과 놀라움을 감추지 못하고 있었다.

"¡Es genial! Es maravilloso!!"

그들은 언어는 통하지 않더라도 어떻게 된 상황인지 다들 눈치채고 있었다.

"이들을 보안실에 있는 지하 교화실로 옮겨야 합니다. 앞으로 세 군데는 더 돌아야 하니, 서두르기로 하죠."

"24인, 4분대로 왔어?"

"대충 그런 모양입니다."

"잠깐, 잠깐. 몇 분이나 지난거지? 그 짧은 사이에…… 교주님께선 엄청나시군. 더군다나 이 자식들…… 외상 하나 없어."

마이크가 그렇게 말하며 한 대원을 등에 업었다.

푸니타의 남자 형제들도 대원을 하나씩 맡기 시작했다.

우리는 그런 식으로 네 군데에 퍼져 있는 네이비씰 6팀 대원 전원을 지하 교화실로 옮겼다. 두 시간이 훌쩍 지난 뒤였다.

마이크와 밀튼이 교화실 경비를 자청했다. 저택으로 돌아온 나는 푸니타에게 그 둘에게 식사를 갖다주라고 말한 뒤 샤워를 마쳤다.

마이크와 밀튼을 제외한 모든 교도가 1층 식당에 모였다.

승전(勝戰) 기념식이라고 해도 될 만큼 거대한 칠면조 통구이 네 개가 식탁에 올라와 있었고, 사람들은 술을 마시지 않았음에도 불구하고 잔뜩 취한 양 감정이 최고조로 올라 떠들고 있었다.

내가 자리에 앉자 모두의 시선이 내게로 모였다.

"모두들 오늘 고생 많았습니다. 푸니타 고생 많았어요."

"제가 한 것이라곤 대합실 구석에서 떨고 있었던 것밖에 없어요."

"아닙니다. 교주님께서는 교도들의 믿음과 헌신을 모르시지 않습니다."

"교주님께서는 어디에 계시죠?"

푸니타가 조심스럽게 물었다.

"이 섬 어디에나 계실 겁니다."

푸니타는 내 대답에 환하게 웃으면서 칠면조 구이를 잘라 그릇에 덜어 주었다.

* * *

강화 유리창을 통해 교화실 안에서 쓰러져 있는 스물네 명의 네이비씰 대원을 바라보았다.

기운을 일으키자 손에서 발생한 붉은 기운이 살아 있는 생물처럼 스멀스멀 움직여 문틈으로 들어갔다. 기운은 곧 그들의 몸을 감쌌고, 하나둘 눈을 뜨기 시작했다.

제일 먼저 눈을 뜬 대원이 주위를 둘러보다가 유리창 쪽을 바라봤다.

그는 빠르게 사태를 파악했다.

창으로 걸어오는 대신 서서히 깨어나는 동료들을 추스르고, 교화실 내부를 천천히 살펴보기 시작했다.

그러면서도 그는 아무 말이 없었다. 다른 대원들도 마찬가지였다.

침묵.

그것은 마치 포로로 잡혔을 때 따라야 할 양식처럼 보였다.

잠시 뒤 대원 전원이 정신을 차렸다.

그들은 빠르게 눈빛만 주고받을 뿐 여전히 입을 열지 않았다.

"스승님, 이들을 어떻게 하실 생각이십니까?"

알렉스가 창 너머를 바라보며 물었다.

"심문할 필요는 없다. 이들에게 듣고자 하는 건 없으니까."

"어쨌든 우리로써는 가치 있는 인질을 확보한 셈입니다."

나는 고개를 끄덕였다.

그날 저녁 전기가 돌아왔다. 위성 쪽으로 돌려서 사용하고 있던 네트워크망도 기존의 회선을 사용할 수 있게 됐다.

미 정부 측에서 우리와 접촉하기 위해 전기와 네트워크 회선을 정상 회복시킨 것이라고 생각했는데, 역시나 그 일이 있은 지 오래되지 않아 전화벨이 울렸다.

"태평양 통합사 해군구성군 사령부다."

감정을 느낄 수 없는 군인의 어투였다.

"이 섬을 책임지고 있는 정이라고 합니다."

"정. 우리 대원들은 어떻게 됐는가?"

"모니터를 통해 보시지 않았습니까."

"모두 전사했나? 그렇지 않다면 우리 대원들의 신병을 인도하고 투항하라. 다중 화력 작전이 임박했음을 알린다."

노트북 앞에서 내 명령을 기다리고 있는 리차드 청에게 고개를 끄덕여 보였다.

리차드 청의 노트북 모니터에는 교화실의 보안 카메라에 녹화되고 있는 네이비씰 6팀 대원들의 모습들이 떠 있었다.

리차드 청은 모든 준비를 마친 상태였다. 그가 마우스를 클릭한 다음 내게 '다 됐습니다.'라는 식의 눈빛을 보냈다.

이것으로 해군 사령부의 장교들 또한 그들의 대형 모니터를 통해 교화실 내부를 실시간으로 볼 수 있을 것이다.

"네이비씰 6팀 대원 전원은 아직 살아 있습니다."

내가 말했다.

한편 영상을 방출한 리차드 청은 해커 교도들과 함께 또 다른 작업에 몰두하기 시작했다. 이미 우리 쪽에서는 저들의 접촉을 예상해 모든 준비가 끝난 상태라 그 작업 시간이 오래 걸리지 않았다.

해커 교도 한 명이 내게 그의 노트북을 가져와 내 책상위에 올려놓았다.

그 안에서는 사령부 전략 통제실의 광경이 펼쳐지고 있었다.

나는 그렇게 나와 대화를 나누고 있는 상대의 모습을 볼 수 있었다.

그의 해군 제복 견장에 대령을 뜻하는 독수리 계급장이 빛나고 있었다.

다른 해커 교도가 또다시 가져온 노트북에는 해군 전산망에 등재된 그의 신상 명세 정보가 보기 좋게 띄워져 있었다.

해군 네이비씰 전략 참모장.

그것이 지금 나와 대화를 나누고 있는 사람의 정체였다.

"캔드할 대령. 귀하의 대원들은 모두 살아 있습니다. 하실 말씀이 없으십니까?"

내가 말했다.

대원들이 모두 살아 있다는 것 때문인지.

아니면 자신의 신상을 우리가 알고 있다는 것 때문인지.

그는 잠시 동안 말이 없었다.

나는 노트북을 통해 통제실 광경을 바라보면서 그가 입을 열 때까지 기다렸다.

통제실이 바빠졌다.

캔드할 대령 옆에 서 있던 또 다른 고위급 간부가 군사용 컴퓨터에 앉아 있는 정보 장교들에게 수신호를 보냈고, 그 시점부터 장보 장교들의 손놀림이 빨라졌다.

그들의 대형 모니터에 여러 정보들이 떠오르고 있었는데 보안 카메라 영상으로는 너무 멀고 모니터가 매우 밝아서 내용을 확인할 수 없었다.

"지금 대원들의 모습을 보고 있다. 모두 괜찮아 보이는군. 정말 그러한가? 가능하다면 대원들에게 직접 안전을 확인하고 싶다."

캔드할 대령이 말했다.

"일부러 말을 시키는 중입니다."

리차드 청이 내게 다가와 속삭인 뒤 노트북 모니터 화면을 보여 줬다.

화면 왼쪽 상단에 위치한 음성 프로그램을 가리켰다. 그것은 현재 사령부의 정보 장교들이 실행하고 있는 프로그램이었다.

즉, 그들은 내 음성을 추적하고 있는 중이었다.

"괜찮습니다. 교주님의 음성은 저들의 데이터베이스에 들어 있지 않습니다."

리차드 청이 내게만 들릴 정도로 속삭였다.

고개를 끄덕인 캔드할 대령에게 말했다.

"그 영상들은 실시간으로 송출되고 있습니다. 물론 우리 측 요구를 들어준다면 대원들의 안전을 직접 확인할 수 있는 기회를 드리겠습니다."

"요구가 뭔가?"

그때 보안 카메라에 어렴풋이 잡힌 캔드할 대령의 표정을 볼 수 있었다.

그의 얼굴은 잔뜩 일그러진 상태였다.

"전기와 네트워크 회선은 지금대로 유지돼야 합니다."

"알았다."

"지금부터 한 시간 후, 우리 쪽에서 연락을 하겠습니다. 그때 대원들에게 직접 안전을 확인할 수 있을 겁니다."

나는 수화기를 내려놓았다. 모두의 시선이 내게로 쏠렸다.

"모두 들어서 알겠지만 저들은 다중 화력 작전을 펼치려는 것 같습니다."

다중 화력 작전.

그것이 무엇을 뜻하는지 아는 사람들의 표정이 급격히 어두워졌다.

"테러리스트? 어쨌든 정부에선 우리를 테러리스트로 규정했으니까. 테러리스트와 절대 협상을 하지 않는 정부라 할지라도 네이비씰 6팀 전원이 포로로 잡혀 있는데 섣불리 움직일 수는 없지."

밀튼이 말했다.

"여기를 폭격해? 미사일을 발사해? 다 죽일 셈이야? 확보해야 할 요인도 죽이고 그렇게 자랑하는 애국 청년들도 전부 죽일 셈이라고?"

팀이 그렇게 말하며 입꼬리를 말아 올렸다.

"지금껏 네이비씰 같은 전략 특전 부대 전원이 포로로 잡힌 적이 없었어. 둘 중 하나가 될 거야. 꼬리를 말거나, 독니를 세우거나. 어떻게 됐든 상황이 정말 재미있게 됐네. 이런 상황은 상상도 못 했어. 저 자식들 미친 듯이 당황하고 있을걸."

밀튼이 팀의 말을 받았다.

"그런데 정말로 다중 화력 작전을 펼친다면?"

가만히 듣고 있던 마이크가 어두운 표정으로 말했다.

그가 계속 말했다.

"우린 끝장이야. 살아남을 수 있는 사람은 아무도 없어.

사람? 이 섬에 있는 생물이란 생물은 모두 씨가 말라 버릴 거야."

창밖의 해안을 바라보는 그의 눈동자에는 두려움이 깃들어 있었다.

"믿음이 없으시네요."

우리는 그 소리가 들린 쪽으로 고개를 돌렸다. 푸니타가 음료수 잔이 든 쟁반을 들고 들어오고 있었다.

"설령 우리가 죽는 일이 있더라도 본교는 이 전쟁에서 승리할 거예요."

"푸니타. 너는 영화를 너무 많이 본 모양이야. 현실에서는 전투기가 폭격하고 순양함에서 미사일을 발사하고 상륙강습 전차가 밀고 들어온다면…… 우린 모두 끝장이야."

"우리는 어젯밤 뭘 하고 있었죠? 대합실 구석에서 바들바들 떨고만 있었죠. 그런데 어떻게 됐죠? 미 정부에서 보낸 타격대가 모두 본교의 포로가 됐어요. 그것도 그 타격대는 엄청난 부대라면서요. 교주님께서는 이 섬의 어디에나 계세요. 마이크. 당신은 얼마나 더 기적을 겪어야 믿음을 가질 수 있는 거죠? 당신에게 믿음이란 게 있나요?"

"이봐! 네까짓 게 뭘 안다고? 난 평생을 전장에 있었어."

"어젯밤은요? 그런 날을 겪어 본 적이 있나요? 여기는 당신이 겪어 왔던 전장이 아니에요. 저 따위도 그건 알아요.

그런데 당신은 왜 모르는 거죠?"

갑작스럽게 벌어진 푸니타와 마이크의 싸움에 많은 사람들이 당황했다.

마이크는 몰라도 푸니타가 평소와 다르게 자기주장을 강하게 펼치고 절대 물러서지 않았기 때문이다.

마이크는 어처구니없다는 표정으로 푸니타를 내려다보고, 푸니타는 그런 마이크에게 시선을 떼지 않았다.

"왜 모르냐고? 나는 전쟁 무기들이 이 섬을 어떻게 만들어 놓을지 알기 때문이지. 2003년에 나는 바그다드에 있었지. 그날 그곳에 무슨 지옥이 펼쳐졌는지 너 따위는 상상도 못 해. 더 이상 내 앞에서 전장에 대해서 이렇다 저렇다 말하지 마라. 나를 욕보이지 마라. 알겠나?"

마이크는 모두의 눈살이 찌푸려질 만큼 위협적으로 말했다.

"그만해. 마이크. 너…… 너무 겁먹었어."

밀튼이 마이크에게서 푸니타를 떼어 놓았다.

"맞아. 그렇게 말해 주니 고맙군. 이제 확실해 졌어. 여기서 죽을 순 없어. 나는 그만두겠어. 나와 같이 나가자, 밀튼."

"뭐?"

"우리가 그동안 리차드를 도왔던 것도, 그리고 이 혈마교의 교도가 된 것도, 우리의 목숨보다는 앞설 수는 없어. 교주님은 신이시지. 분명 인간의 범주를 초월하신 분이시지. 집회에서 경이로운 기적을 보았어. 어젯밤에 네이비씰이 그렇게 될 줄은 누구도 상상도 못 했을 거야. 하지만 이 섬에 탄도 미사일이 떨어지면? 전투기가 포격하면? 구축함과 순양함들이 일제히 포를 발사하기 시작하면?"

마이크는 그렇게 말한 다음 "신이여, 미국에 축복을(God Bless America)" 하면서 냉소적인 미소를 지었다.

문득 기운이 느껴져서 돌아봤더니 알렉스가 심각한 얼굴로 마이크를 바라보고 있었다. 알렉스의 눈에서 살기가 어른거렸다.

저자를 처리하게 해 주십시오.

알렉스가 눈으로 말했다.

나는 알렉스에게 고개를 저어 보인 다음 마이크에게 다가갔다.

시선 한구석에 푸니타가 보였다. 푸니타는 이 상황을 모두 그녀의 탓으로 여기고 있는지 눈물이 맺힌 눈에 후회가 가득했다.

아니다.

이는 어쩔 수 없는 일이었다.

평생을 전장에 있었던 군인이라면 다중 화력 작전이 어떤 것임을 잘 알고 있고, 그것이 미치는 영향을 누구보다 빨리 파악할 게다.

마이크가 겪고 있는 심리적인 변화가 충분히 이해가 간다.

하지만 본교를 떠나겠다는 그의 발언은 매우 위험한 것이어서 안타까움이 앞섰다.

"정! 미안해."

갑자기 밀튼이 나를 껴안았다.

"이해해 줘. 마이크는 지금 공황 상태야. 했던 말들 모두 진심이 아니야. 시간을 조금만 줘. 조금만 안정을 취하면 정상으로 돌아올 거야."

마이크가 성난 얼굴로 밀튼의 어깨를 젖혔다. 그가 뭐라 말하려고 했는데, 밀튼은 황급히 그의 입을 틀어막고 그를 회의실에서 끌고 나갔다.

"정, 너는 전쟁 스트레스를 이해해 줘야 돼."

밀튼이 마지막으로 그 말을 남기고선 회의실 문을 닫았다.

후우우,

팀이 한숨을 내쉬며 고개를 설레설레 저었다.

마이크 사건은 그가 잘못을 인정하는 것에서 마무리됐다. 그는 분명 큰 잘못을 했지만 그에게 벌을 주기에는 상황이 적절치 않았다. 계속 본교를 위해 일을 하겠지만 그것이 훗날 있을 판결에 영향을 주지 않을 것임을 그에게 인지시켰다.

제 8 장
항모타격전단
(CSG)

태평양 통합사 해군구성군 사령부와의 약속 시간이 다가오기 전.

시력을 키우자 구름을 뚫으며 창공을 가로지르는 비행체가 보였다. 나는 옥상에 몸을 감춘 채 그 비행체를 관찰했다. 그것은 매우 빠른 속도로 섬 주위를 돌고 있었다.

마치 먹잇감을 찾아다니는 매와 같았다.

삼십 분 전쯤 섬 저편으로 사라졌던 그것이 다시 나타났다. 이번에도 똑같은 속도로 저공비행하고 있었는데, 그 안에서는 사람의 기운이 느껴지지 않았다.

즉, 그것의 정체는 무인정찰기였다.

무인정찰기가 저택 위를 지나가길 기다렸다.

이윽고 그것이 꼬리를 보였을 때, 손에 집중한 공력을 발출했다.

장력이 흡사 레이저처럼 적광(赤光)을 띠며 정찰기를 향해 날아가기 시작했다. 하지만 정찰기의 비행 속도가 빨랐다.

장력은 정찰기에 닿지 못하고 허공에서 무(無)로 돌아갔다.

정찰기가 시야에서 완전히 사라지기 전 끝내기로 마음먹고 공력을 더욱 끌어 올렸다. 딛고 서 있는 옥상 바닥에 금이 가기 시작했다.

공력을 더 끌어 올리다간 옥상이 그대로 무너져 버릴 수도 있었다.

다행히도 이쯤이면 된다는 확신이 들었다. 다시 장력을 쏘아 보냈다. 내 손에서 발출된 장력은 미사일처럼 빠르게 날아가기 시작했다.

이윽고 정찰기에 적중했다.

쾅!

하늘에서 우레와 같은 큰 소리가 울렸다. 그리고 몇 초 지나지 않아서였다.

콰아아앙!

더 큰 폭발음이 섬을 흔들었다.

아니나 다를까 대합실로 내려갔을 때, 교도들이 놀란 얼굴로 창 쪽으로 몰려 있었다.

팀과 알렉스는 그 자리에 있었다. 둘의 기운은 벌써 소리가 난 쪽으로 이동하고 있었다. 한편 마이크와 밀튼은 자동화기를 어깨에 걸치며 나갈 준비를 하고 있었다.

그 둘에게 다가갔다.

"뭔가 폭발했어."

마이크가 말했다. 수십 분 전 소란을 피웠던 그는 이제는 꽤 안정된 상태였다.

"팀 장로와 알렉스 장로가 먼저 확인하러 나갔어."

밀튼이 말했다.

푸니타를 비롯한 다른 교도들을 안심시킨 뒤 둘과 함께 밖으로 나왔다.

서쪽 숲 지역 쪽에서 상당한 양의 연기가 피어오르는 게 보였다. 점점 가까워질수록 타는 기름 냄새가 진해졌고 숲 곳곳으로 번지는 화염도 보이기 시작했다.

산산조각난 기체 잔해들이 발에 밟혔다.

"항공기가 추락한 거야."

지나오면서 기체 잔해들을 본 마이크가 그렇게 말했다.

"또 무슨 일이 벌어진 건지 모르겠군. 서두르자."

마이크와 밀튼이 발걸음을 빨리했다. 정찰기가 추락한 광경이 서서히 나타났다. 일반 전투기만큼이나 거대한 기체가 추락한 그곳은 재난 영화 속의 한 장면을 방불케 했다.

문득 팀과 알렉스가 불길을 뚫고 나타났다.

"사람은 없습니다."

알렉스가 말했다.

둘은 벌써 검은 그을음을 가득 뒤집어쓴 상태였다.

"맙소사! 밀튼. 내가 잘못 본 건 아니지? 저거 트리톤(Triton)이지?"

"그…… 런 것 같은데."

"포세이돈의 아들이 왜 여기에 처박혀 있는 거야."

밀튼과 마이크가 연기 때문에 소매로 입을 가리면서 대화를 나눴다. 알렉스와 눈이 마주친 마이크가 알렉스에게로 다가갔다.

"알렉스 장로. 저건 아마도 해군의 MQ-4C BAMS 'Triton'. 광역 해상 감시 무인정찰기인 것 같습니다. 정녕 트리톤이 맞다면 해군기지에 배치된 무인정찰기 중 가장 최신 기종일겁니다."

"아마도?"

팀이 끼어들었다.

"Armor(미국의 군사 잡지)에서 봤습니다. 실전배치된 지

얼마 되지 않아서 직접 볼 기회는 없었습니다. 꽤 잘생긴 놈이었던 것 같은데 이제는 아예 고물이 되어 버렸네요."

마이크가 그렇게 대답하고는 "그런데 왜 무인정찰기가 왜 여기에 추락해 있는 거지?"라고 중얼거렸다.

그런 마이크를 보며 알렉스가 말했다.

"마이크."

"예. 장로."

"교주님은 섬의 어디에나 계시다는 걸 잊지 마라."

마이크의 눈이 번쩍 떠졌다.

"교주님께서 저 정찰기를……?"

마이크는 얼이 빠진 얼굴로 활활 불타고 있는 흉물스런 기체를 바라보았다.

"별일 아닌 것 같으니 이제 돌아갑시다. 해군 사령부와의 약속 시간이 얼마 남지 않았습니다."

내가 말했다.

"번지는 이 불들은?"

밀튼이 사방을 두리번거리며 반문했다. 그의 말대로 기체가 폭발하면서 튀긴 불똥들이 숲 곳곳에서 불길을 일으키고 있었다.

내 눈빛을 받은 팀이 고개를 끄덕여 보였다. 그가 마이크와 밀튼을 어깨동무하며 입을 열었다.

"이런이런. 믿음들이 이리 약해서야. 교주님께선 섬의 어디에나 계신다니까. 자, 친애하는 교도들이여, 저택으로 돌아가자고."

팀이 둘을 끌고 앞장섰다.

마이크는 저택으로 돌아가면서 몇 번이고 뒤를 돌아봤다. 그리고 땅에서 집어든 기체 잔해를 만지작거리는 걸 멈추지 않았다.

그는 정말로 얼이 빠진 사람처럼 행동했다.

뿐만 아니라 눈동자마저 흐려졌다.

마이크.

현대 전쟁 무기를 신보다 경외하는 사내에게 있어 최신형 정찰기가 추락한 일은 꽤 커다란 충격이었던 모양이다.

*   *   *

리차드 청이 건넨 이어폰을 귀에 꽂았다.

해군 통제실의 사령부 쪽 감시 카메라에 녹음된 음성들이 들렸다.

무인정찰기 '트리톤'의 추락으로 미 해군은 그야말로 난리가 난 것 같다.

"트리톤이 격추당했다! 트리톤이 격추당했다!"

"맙소사!"

"어떻게 격추당한 것인가?"

"파악되지 않습니다. 감지 시스템을 살펴보고 있는 중입니다."

"여긴 이라크도 아니고, 아프간도 아니고, 북한도 아니다. 미합중국, 캘리포니아 주에서 불과 몇 마일 떨어지지 않은 곳이다. 시스템이 고장 난 것이 아닌가? 확인하라."

"모든 시스템이 작동되지 않습니다. 비상 주파수만 감지되고 있습니다. 격추된 게 분명합니다. 대령님, 이것이 마지막 영상입니다. 보시다시피…… 추락하고 있습니다."

"그렇군. 추락했어."

"감지 시스템을 확인한 결과, 마지막으로 열감지 센서가 반응을 했습니다. 이것입니다."

"음향 감지 시스템은?"

"반응이 없었습니다."

"그럼 묻겠다. 대체 트리톤은 무엇에 격추당한 것인가?"

"신속히 파악하겠습니다."

"밀 소령은 따라오게!"

거기서 녹음 음성이 다음 트랙으로 넘어갔다.

"소령! 이게 어떻게 된 일인가? 할 말이 있나? 어젯밤 네이비씰 6팀 전원이 테러리스트들의 포로가 되었다. 절대 있을 수가 없는 일이지. 우리는 저들이 무슨 시스템을 갖췄는지 파악해야 했다. 그리고 이게 소령에게서 십 분 전에 받았던 보고서야. 뭐라고 보고했었지? 어떠한 군사 시설도 없다? 그런데 트리톤이 어떻게 격추당할 수 있지? 소령. 그 입을 열어 대답해 보게."

"트리톤의 스캔 정보는 뛰어납니다. 스캔 정보에 의하면 스타트 섬에는 어떠한 군사 시설도 없었습니다."

"그러니까 그것이 잘못된 것이지! 스타트 섬에는 군사 시설이 있었어. 언제 어떻게 인지는 몰라도 우리 영토에, 바로 코앞에서 요격 시스템을 갖춰 놓았다. 믿기지가 않는군······."

"예."

"저 테러리스트들은 만반의 준비를 갖춘 상태였다는 것이다. 우리 영토에! 그리고 우리 군은 저들이 무슨 시스템을 갖췄는지 파악도 못 하고 있다."

"예."

"대체 이게 무슨 일인가. 소령."

"죄송합니다. 트리톤의 스캔 정보가 틀린 점에 대해서는 추정되는 원인이 있습니다."

"뭔가."

"리차드 청. 그 테러리스트는 우리 전산망의 스캔 데이터를 조작할 수 있는 자입니다. 그리고 정부와 우리 군의 눈을 피해 스타트 섬에 불법 무기 시설을 설치할 능력도 있는 자 입니다."

"슈퍼맨이 따로 없군."

"스타트 섬에는 우리 군이 생각했던 이상의 화력이 있는 게 확실합니다."

"그래도 작전은 변함이 없다."

"예."

"소령. 정보전의 패배는 지금과 같은 결과를 만들지 않는가. 전산망을 체크하고 보고하라. 그다음에 작전을 실행으로 옮긴다."

녹음 음성이 거기서 끝이 났다.

"들켰습니다. 하지만 해군 전산망을 다시 공격하는 중입니다. 그래도 생각보다 오래 버텼었습니다."

리차드 청이 담담하게 말했다.

"그런데 저는 트리톤의 스캔 정보를 조작한 적이 없습니다. 교주님. 교주님께서 정찰기를 격추시키신 것입니까?"

나는 고개를 끄덕였다.

의외로 리차드 청의 얼굴에 놀라움이 번졌다.

놀라긴.

나는 청의 해킹 실력이 더 놀랍다. 그는 공상에서나 가능할 법한 네트워크 세상의 지배자다.

비록 아직은 완성되지 않았지만 그의 해킹 툴, 열쇠(Key)가 완성된다면 그는 그 정말로 네트워크 세상의 지배자를 넘어선 신이 되는 것이다.

"교주님. 저는······."

리차드 청이 말꼬리를 흐렸다.

왜?

내가 그런 눈으로 리차드 청을 바라보며 그의 입이 열리길 기다렸다.

"저는 이기적입니다."

나는 리차드 청이 왜 그런 말을 했는지 알고 있었다.

"교주님께서 저를 위해 이렇게까지 위험을 무릅쓰고 계신데. 저는······."

"열쇠 때문인가?"

리차드 청은 직접 말로 대답하지 않았지만 그의 표정이 대신 대답해 주고 있었다.

"나는 그 누구보다 너를 이해한다. 감당하기 힘든 힘이라면 그 해킹 툴을 파기해."

"이해해 주셔서 감사합니다. 하지만 될지 모르겠습니다. 몇 번이고 파기하려고 했었습니다. 그런데 저는 못 했습니다."

그가 계속 말했다.

"열쇠가 완성되면 그 활용은 무궁무진할 겁니다. '그날'이 오면 꼭 필요한 프로그램이기도 합니다. 하지만 모든 일이 계획대로 되는 게 아니지 않습니까. 만일 열쇠가 다른 자의 손에 들어간다면 처음부터 없었던 것보다 못합니다."

"충분히 고심할 만한 일이지."

"교주님. 본교에 열쇠를 바치지 않는 제가 밉지 않으십니까?"

"나는 운명을 믿는다. 그리고 어딘가에 있을 신도 믿는다. 그 외에도 내가 믿는 건 매우 많지. 열쇠가 세상에 태어날 운명이라면 그렇게 될 것이고 아니라면 없었던 일이 될 것이다. 충분히 고민하고 네 감정에 순응하여 그것에 따라라. 지금의 그 감정조차도 네가 겪어야 할 필연적인 운명이니까."

나는 입가에 희미한 미소를 지으며 다른 식으로 대답했다.

"미 해군과의 약속 시간이 다 됐군. 무슨 말을 할지 기대되지 않나??"

그렇게 말하며 몸을 돌렸다.

* * *

약속 시간이 조금 지나서 우리 측 보안실에서 해군 사령부로 연락을 시도했다.

곧 그들과 연결이 닿았다.

화상을 배제한 음성 통신 경로만 열어 뒀다.

"태평양 통합사 해군구성군 사령부의 캔드할이다."

"정입니다. 보내신 선물은 잘 받았습니다. 앞으로는 그런 선물을 보내실 필요는 없습니다. 주시면 받겠습니다만."

"우리 대원들은?"

"안전합니다."

리차드 청이 내 눈빛을 받아 교화실 내부 영상을 송출하기 시작했다.

"누구와 대화를 나누길 원합니까?"

"알파 분대장."

짧은 대답이 들렸다.

"밀 해먼 대위 말씀이시군요? 알겠습니다."

리차드 청과 해커 교도들의 작업으로 네이비씰 6팀의 신상 정보를 확보한 지 꽤 시간이 지났다.

알렉스와 팀이 교화실 문을 열고 저벅저벅 걸어 들어가 다시 문을 닫았다.

그러는 사이 6팀 대원 24인 전부가 이때를 기다렸다는 듯이 알렉스와 팀에게 달려들었다.

예상했던 일이었다.

단지 감금만 되어 있었을 뿐 어떠한 족쇄도 없었던 그들로서는 천재일우(千載一遇)의 기회로 보였을 것이다.

꿀 먹은 벙어리처럼 입을 다물고 있던 그들이 소리를 질렀다.

"잡아!"

내 쪽에선 알렉스와 팀의 등만 보여 둘이 무슨 표정을 짓고 있는지 실제로 확인할 길이 없었다.

그러나 알렉스는 여전히 무감각한 얼굴을 하고 있을 것이고 팀은 씨익 입꼬리를 말아 올리고 있을 거란 생각이 들었다.

알렉스와 팀은 피할 때는 원숭이처럼 민첩하게 공격할 때는 바위처럼 무겁게 때렸다.

퍼억!

타격음이 한 번씩 울릴 때마다 피가 튀고 덩치 큰 남자들이 쓰러졌다. 혹은 뒤로 튕겨져 날아가 벽에 틀어박혔다.

팀이 풀쩍 뛰어올라 발차기로 두 대원을 기절시켰다.

알렉스는 복부로 작렬하는 주먹을 피하지 않고 그대로 받은 뒤 상대방의 목을 잡았다. 허공에 띄워진 상대방은 캑캑거리면서 발버둥쳤고, 그런 동료를 구하기 위해 몇이 더 달려들었지만 알렉스와 팀의 발길질에 그대로 나가떨어졌다.

이제 남은 대원은 알렉스에게 목이 붙잡힌 한 사람뿐이었다.

"밀 해먼 대위?"

알렉스가 그에게 물었다. 가까스로 기절하지 않고 있던 그가 고개를 끄덕였다.

알렉스는 잡고 있던 목을 놓았다.

밀 해먼 대위는 지면에 발이 닿자마자 그대로 쓰러져 계속 캑캑거렸다.

팀이 보안 카메라를 향해 씩 웃으며 승리의 V를 그려 보였다.

팀과 알렉스가 교화실로 들어간 지 불과 몇 초도 지나지 않아 벌어진 일이었다.

이 광경을 지켜보고 있던 마이크와 밀튼은 입을 쩍 벌린 채 할 말을 잃었다.

알렉스가 창고에서 심문실로 개조가 된 좁은 공간으로 밀 해먼 대위를 끌고 나가자, 팀은 주섬주섬 일어서는 네이비씰 대원들을 또다시 제압하기 시작했다.

심문실 보안 영상으로 밀 해먼 대위를 강제로 의자에 앉히는 알렉스의 모습이 보였다.

알렉스는 밀 해먼 대위에게 벽에 걸린 모니터와 탁상 위의 마이크를 한 번씩 가리켜 보인 다음 내게로 돌아왔다.

이어서 돌아온 팀과 함께 심문실 보안 영상을 바라봤다.
"두 분 대화를 나누십시오."
마이크에 대고 말했다.
내 음성이 심문실 내부로 울려 퍼졌다.
팟!
심문실 벽에 걸려 있던 모니터에 영상이 들어왔다. 해군 통제실의 화상 카메라 앞에 앉아 있는 캔드할 대령의 모습이었다.
연신 목을 쓰다듬고 있던 밀 해먼 대위가 곧바로 자세를 고치고 경례를 취했다.
"상황이 어떤가."
"대원 전원 무사합니다."
"저들이 대원들에게 원하는 게 뭔가."
"어떠한 요구도 심문도 없었습니다."
"밀 해먼 대위."
"옛!"
"정부와 우리 군이 대원들을 위해 해 줄 수 있는 일이 있다면 지금 말해 주게."
"……."
순간 밀 해먼 대위의 얼굴 위로 당혹감이 스치고 지나갔다.

나는 그것을 놓치지 않았다.

미 정부에선 이들의 구출을 포기했다!

밀 해먼 대위는 다시 표정을 바로잡고는 자리에서 일어나 절도 있게 경례했다. 그것이 대령의 물음에 대한 밀 해먼 대위의 대답이었다.

해군 측의 음성 통신 경로가 보안실 쪽으로 돌아왔다.

치이익.

그쪽의 마이크 잡음 소리가 들렸다.

"잘 알고 있겠지. 우리 정부와 군은 테러리스트와 협상을 하지 않는다. 그러니까 지금부터는 협상이라기보다는 기회라고 할 수 있겠지. 지금이라도 우리 군은 언제든 섬을 폭격할 수 있다. 하지만 무장을 해체하고 우리 대원들과 테러리스트 리차드 청의 신병을 인도한다면 폭격을 유예하겠다."

대령의 음성은 한층 더 단호해졌다.

"귀하의 대원들은 모두 상처 하나 없이 안전한 상태입니다. 한데 그들을 모두 죽이겠다는 것이로군요."

"신병 인도는 28일 18시까지다. 스타트 섬의 해공상의 퇴로는 차단 되었으며, 28일 18시 이후 폭격을 가하겠다. 이상."

그가 내 말을 무시하며 말했다.

28일이라면 이틀 후였다.

그것을 끝으로 음성 통신이 끊겼다.

교화실 쪽으로 시선을 돌렸다. 밀 해먼 대위는 쓰러진 동료들을 추스르고 있었다.

나라에선 그들을 버렸다.

"어!"

그 순간 등이 꺼졌다.

장비의 램프를 비롯한 일체의 광원이 모두 사라졌다. 미 정부에서 섬으로 통하는 전기 공급을 차단한 것이다.

밀튼이 비상 발전기를 돌리러 나가고 잠시 후, 다시 등이 들어왔다.

나는 불러 놓고 말했다.

"미 정부에서 최후통첩을 했습니다. 이틀 후입니다. 예상했던 일이지만 마음의 준비는 단단히 해 두십시오. 다만 이것만은 확실하게 말씀드리겠습니다. 우리는 결코 지지 않습니다."

이튿날 아침 다음과 같은 기사가 실렸다.

> 마이콜 스필란드 연안 경비대 부사령관은 다가오는 9.11테러 11주년을 맞이하여 28일 경에 해군 제3함대와 공조하여 반테러 합동 군사 훈련을 실시한다고 밝혔다.

25일 어제, 해군의 무인정찰기 MQ-4C BAMS 'Triton'이 서부 연안에 추락했던 일을 두고 파넷타 국방 장관의 "정찰기가 추락한 일 자체는 매우 안타깝지만 인명 피해가 없었을 뿐만 아니라 더 강한 미군이 될 수 있는 기회"라는 발언은 금번에 예정된 강도 높은 합동 군사 훈련을 예견한 것이었다.

마이클 스필란드 연안 경비대 부사령관은 브리핑에서 "다시는 9.11과 같은 일이 없어야 하며 테러는 근절되어야 한다. 이에 우리 연안 경비대는 해안과 동태평양을 관할하고 있는 제3함대와의 합동 대규모 훈련이 불가피하다."라고 말하며 군사 훈련 지역을 캘리포니아 주 서쪽 연안이라고 밝혔다.

* * *

해커 교도들 사이에 난리가 났다.

이유인즉슨 태평양 통합사 해군구성군 사령부에서 한 개의 항모타격전단(CSG)를 기동하기로 결정했기 때문이었다.

그 정보를 내게 보고할 때 리차드 청의 사색이 된 표정은 지금도 잊히지 않는다.

나 또한 미 정부에서 항모타격전단을 보낼 줄은 몰랐다.

아무리 네이비씰 6팀이 전원 포로로 사로잡히고 무인정찰기가 요격당했다고 할지라도, 항모타격전단을 운용하는 것은 우리의 덩치에 맞지 않았다.

내 정체를 완벽히 파악하고 있지 못하는 그들로서는 우리는 단지 테러리스트 집단에 불과할 뿐인데 말이다.

닭 잡는 데 소 잡는 칼을 쓰는 겪이다. 아니, 닭 잡는 데 핵폭탄을 쓰는 겪이랄까.

거기에 대해 리차드 청은 이렇게 답했다.

"미 정부에서는 이 일을 9.11사태 때보다 더 크게 생각하고 있습니다."

"어느 정도 예상은 하고 있었지만 항모타격전단을 보낼 줄은, 으음."

"저 역시 매우 당혹스럽습니다. 하지만 미국 영토 내, 그것도 최연안에서 네이비 씰 6팀이 사로잡히고 무인정찰기가 요격당했습니다. 저들은 우리가 특수전에 뛰어난 군인과 각종 대인 트랩 그리고 지대공(지상에서 발사해서 공중의 목표물을 맞힌다는 개념) 요격 시설로 무장하고 있다고 믿고 있습니다. 물론 그렇다고 해도 항모타격전단을 운용하는 것은…… 매우 과감한 결정입니다. 그리고."

"그리고?"

"미 정부에선 더 이상 저를 사로잡을 생각이 없습니다."

"이 섬과 함께 증발시켜 버릴 셈인가?"

"예. 미사일 몇 발이면 저는 이 섬과 함께 흔적도 없이 사라지게 되겠지요…….."

"랭글리에 공군 기지가 있다고 들었다. 그런데 왜 항모타격전단을 보내는 걸까. 공군 기지에서 미사일을 발사하면 될 텐데. 그렇군. 공군 기지에서 미사일이 발사되면 전 세계가 알아차리기 때문이겠지? 그렇겠지."

"예. '그자'들은 이곳을 주시하고 있을 겁니다. 그러면서도 세계 각국의 시민들에게 이 일이 알려지길 원치 않아 합니다. 공군 기지에서 미사일이 발사되면 아무리 그자들이라 할지라도 깬 사람들의 눈과 입을 피할 수는 없을 것입니다. 하지만 항모는 다릅니다. 혹 항모타격전단에서 하푼이나 토마호크를 발사한다 할지라도, 그것은 언론에 예고한 강도 높은 훈련의 일환이 될 겁니다."

사실 미 정부에서 구축함 한 대만 보내도 큰 결단을 내린 것이었다.

하지만 그들은 천문학적인 운용비용을 감수하면서 이지스 순양함, 구축함 수대, 보급함, 장거리 타격형 전략핵잠으로 구성된 항모타격전단을 기동시켰다.

우리는 그들에게 있어 강력히 응징해 완전히 말살해야 할 집단일 뿐만 아니라, 일벌백계(一罰百戒)의 상징이 되어야만 하는 존재가 되어 버렸다.

항모타격전단이 우리를 노리고 있다는 사실은 네이비씰

6팀 때와는 차원이 다른 문제였다.

몇 번을 고민했고 결국 교도들에게 그 사실을 알리기로 했다.

모두를 불러 모았다.

미 정부에서 폭격하겠다고 선언한 지 하루가 남은 시점이었다.

"리차드 장로와 우리 교도들이 해군 전산망에서 그들의 작전을 캐내는 데 성공했습니다."

내 말에 아무것도 모르고 있는 교도들의 표정이 밝아졌다. 반대로 해커 교도들은 표정은 몹시 어둡다 못해 절망적이었다.

"'나는 명예로운 독수리(Fly Noble Eagle)'로 명명된 해군의 작전에 대해 말씀드리기 전에 본교에서 브리핑을 하는 이유부터 말씀드리겠습니다. 들으시면 아시겠지만 우리가 해군의 작전에 대해 안다고 해도 좋아질 건 없습니다. 오히려 좌절감만 커질 겁니다. 하지만 본교에 헌신하고 있는 교도들은 사실을 알 자격이 있다고 생각하고 본교가 아는 사실들을 꾸밈없이 알립니다. 리차드 장로."

나는 리차드 청에게 고개를 끄덕였다. 리차드 청이 준비된 스크린 앞에 섰다.

리차드 청이 브리핑을 시작했다.

"샌디에이고에서 제3함대 소속의 항공모함과 호위함들이, 그리고 연안 경비대 서부 제3기지에서 구축함과 고속 단정들이 내일 있을 작전에 대비하여 기동 준비를 하고 있습니다."

그 순간 밀튼과 마이크의 눈이 주먹만큼 커졌다. 팀과 알렉스의 반응도 마찬가지였다. 군사 지식이 크게 없는 푸니타 또한 그랬다.

주변의 반응들에 지레 짐작한 푸니타의 가족들이 술렁였다.

"항공모함이?"

밀튼의 목소리가 긴장된 분위기로 팽배한 장내를 찔러 들어왔다.

마이크도 뭐라고 입을 열려 했었는데, 내가 둘을 저지했다.

"연안 경비대의 알레이버크급 구축함 2대와 고속 단정 30대가 반경 30km 지점들에서 섬을 포위하고, 서대서양 300km 방면에서 항모타격전단(CSG)이 배치됩니다. 그리고……."

리차드 청이 거기서 말을 멈추고 나를 바라봤다. 그의 눈에 걱정이 가득했다.

괜찮아. 계속해.

나는 표정을 지어 보였다.

"1차로 연안 경비대의 구축함에서 하푼 미사일 5발을 저택을 포함한 섬의 네 지점에 발사할 예정입니다."

"하하……."

밀튼이 마치 실성한 사람처럼 실없는 웃음을 흘리기 시작했다.

리차드 청이 그 웃음소리를 무시하고 계속 말했다.

"2차로 항모타격전단에서 전투기 EA-18G 5기가 출격하여 MK82 범용 폭탄들을 투하할 예정입니다. 그리고……."

리차드 청이 다시 말을 멈췄다.

"우리의 조각조각난 시신들을 수거하기 위해 특전대가 상륙한다는 건가?"

밀튼이 웃던 걸 멈추며 말했다. 리차드 청이 대답 없이 단상에서 내려왔다.

사람들의 표정을 관찰했다.

마이크는 두 눈을 부릅뜬 채 숨을 가삐 쉬고 있었고, 알렉스는 여전히 담담했으며 팀의 얼굴엔 스멀스멀 걱정이 피어오르고 있었다.

그리고 해커 교도들은 절망에 젖어 있었으며 푸니타와 푸니타의 가족들은 두리번거리며 주변의 반응을 살펴보기에 바빴다.

"밀튼."

밀튼은 또다시 실없이 웃고 있었다.

그는 마이크와 더불어 자포자기하고 있었다.

"밀튼이 나와서 교도들이 궁금증을 풀어 주면 좋겠습니다. 이리로 오세요."

"정보는 확실해? CSG를 보낸다고? 고작 여기에? 놈들은 여기가 북한인 줄 아나 보지?"

"이리로 오세요."

"갑니다요, 가요."

밀튼은 힘없는 걸음걸이로 단상에 올라왔다.

"궁금한 점들이 있다면 물어봐. 흐흐…… 항공모함이 온다니…… 물어들 보라고."

"밀튼, 진지하게 임해."

알렉스가 뇌까렸다. 그러자 밀튼의 표정이 조금은 바로잡혔다.

잠깐 정적이 흐른 뒤 푸니타가 조심스럽게 손을 들고 말했다.

"항모타격전단(CSG)이 뭔가요? 그렇게 무서운 건가요?"

"항모타격전단 말이야? 지구가 생긴 이후로 해상 최고의 작전 단위라고 해 둘 수 있겠지. 항모타격전단이 뜨면 말이야, 어지간한 나라는 말이야, 백기를 들고 '웰컴, 웰컴' 해야만 할걸."

"예?"

"잠깐만."

밀튼은 준비되어 있던 물을 급하게 들이켰다. 그것으로도 모자랐는지 세수를 하고 돌아왔다. 그가 수건으로 얼굴을 닦으며 말했다.

"이제 조금 정신이 드는군. 푸니타, 우리 어디까지 했지?"

"'웰컴, 웰컴'까지요. 우리가 왜 '웰컴, 웰컴' 해야 한다는 거죠."

"어디서부터 말해 줘야 할지. 그래. 미사일이 뭐고 폭탄이 뭔지는 알지?"

"당연하죠."

"이게 전투기라고 쳐."

그는 물컵을 들어 보였다.

"보통 전투기에 말이야. 공대공, 공대지 미사일 여러 발이 장착되어 있고 투하용 폭탄도 상당히 많이 들어 있단 말이야. 공대공은 미사일은 적 전투기를 상대할 때 쓰는 미사일이고 공대지 미사일은 지상으로 쏴 보내는 미사일인데 어쨌든 우리는 전투기가 없으니까, 이 공대지 미사일인 매버릭 미사일을 보면."

거기까지 말한 밀튼은 푸니타의 표정을 보면서 뒷머리를

긁적였다.

"다시, 다시. 자, 이 물컵은 전투기야. 그리고 이것들은."

밀튼은 구석에 방치되어 있던 나사 한 움큼을 쥐어 와서 탁상 위에 올려놓았다. 그러고는 대략 여덟 개를 집어 물컵 안에 넣었다.

"이 여덟 개의 나사들은 폭탄이지. 모델명은 MK82 범용 폭탄."

밀튼이 장난감 비행기를 가지고 놀듯 물컵을 이리저리 움직이다가 갑자기 뒤집었다.

후두둑.

당연하게도 물컵 안에 들어 있던 나사 여덟 개가 바닥으로 떨어졌다.

"쾅쾅! 전투기 한 대에서 폭탄 여덟 발을 투하했어. 그럼 어떻게 될까? 축구장 네 배 면적 정도는 우습게 초토화시켜 버리지. 이제 알겠어? 전투기 한 대가 출격해서 폭탄을 투하하면 여기 저택은 물론이고 근방은 초토화돼 버리지."

꿀꺽.

푸니타가 입안에 가득 고인 침을 삼켰다.

"그런데. 항공모함에는 그런 전투기가 약 80대가 있어. 전투기 80대가 출격해서 일제히 가지고 있던 폭탄들을 모두 투하해 버린다고 상상해 봐. 굉장하겠지? 굉장하다고 그건."

"아……."

"지금까지는 맛보기에 불과해. 항모타격전단에 대해 물었었지?"

"예."

"항모타격전단은 대개 이지스 순양함 한두 척, 구축함 둘에서 다섯 척, 보급함, 그리고 고속 공격 핵잠수함이 떼로 뭉쳐 다녀. 이렇게 말하면 모르겠지?"

밀튼은 그렇게 말한 다음 볼펜을 집어 들었다.

"이건 미사일이야. 미사일도 종류가 많은데 대표적으로 토마호크라는 미사일만 보자. 미사일 자체도 모델마다 성격이 다른데, 어쨌든 중요한 건 미사일이고 한 발이 떨어지면 주변은 초토화되어 버리지. 그런데 이 토마호크라는 놈은 말이야. 천재야. v5 TWCS 통제시스템이니, GPS니, INS니 따위는 알 필요 없고, 이것만 알면 돼. 이 천재 녀석은 1000km 밖에서 목표한 지점에 정확히 날아가 일대를 초토화시켜 버린다는 것."

"1000km……."

"어떤 모델은 2500km 가까이 날아가고 어떤 모델은 166발의 자탄 분리형으로 한 번에 다중의 목표물을 공격할 수 있지. 항모타격전단이 왜 무섭냐고? 잘 들어."

"네."

"이런 무시무시한 미사일들이 항모타격전단의 순양함과 구축함, 그리고 보급함에 수십, 수백 발씩 선적되어 있기 때문이지. 저 먼 수천 km 밖 바다에서 미사일을 쏴 대면."

밀튼은 거기까지 말하고 마이크의 눈치를 살폈다.

마이크는 십수 년 전 이라크 전쟁 때, 바그다드에서 토마호크 미사일의 공습을 받아 본 경험이 있고 또 거기서 상당한 정신적 외상을 얻었다.

마이크가 천천히 자리에서 일어나 단상으로 이동했다. 밀튼이 '괜찮겠어?' 하는 눈빛과 함께 그에게 자리를 비켜 줬다.

"푸니타, 그때는 이곳이 지옥이 될 거야. 이다음부터는 내가 설명하지. 그 어떤 것도 항모타격전단에 접근할 수 없다. 조기 경보 명령과 항공을 경제하는 호크아이가 언제나 하늘을 날아 주변을 감시하고 있고, 저 우주의 군사 위성들도 마찬가지로 날아오는 물체를 모두 감지해서 항모타격전단의 순양함, 호위함, 프리깃함 등등의 호위함들에게 정보를 전달하지. 그럼 그 항공모함의 전투기들이 출격하거나 호위함들에서 지대공 미사일, 혹은 20mm 발칸포와 같은 근접 방호 무기들을 이용해 접근하는 모든 것들을 요격해 버리지. 그야말로 항모타격전단은 모든 접근을 불허한 채 미친 듯이 공격만 퍼붓는 파괴의 신이야."

그렇다.

전투기 한 대. 전투함 한 척. 하나하나가 무시무시한 것인데 백여 대에 가까운 전투기, 십여 척에 가까운 전투함이 한 번에 움직이는 사상 초유의 전투 군단.

그 군단이 우리를 향해 다가올 준비를 마쳤다.

그날 저녁.

항모타격전단의 구성.

구성 함선과 항모에 탑재된 전투기의 상세 정보, 즉 장착된 미사일의 종류와 속도, 방어 체계, 탑승 인원 등.

리차드 청은 내가 요구한 정보들을 프린트해 탁상 위에 올려놓았다.

그것은 두툼한 책 한 권을 만들 정도로 양이 많고 내용도 깊이가 있었다. 어렴풋이 알고 있던 것들이 상세해지고 뚜렷해졌다.

과연 한 개 항모타격전단은 한 나라의 해군, 공군력을 상쇄한다.

나는 이 섬을 지킬 수 있을까.

28일 아침.

드디어 통첩 기일이 다가왔다.

어젯밤에는 유난히 많은 단정들의 불빛이 보였다. 하지만 아침 해상에서는 섬을 포위하고 있던 단정들이 보이지 않았다.

단정들은 그들의 작전대로 30km 밖으로 포위선을 형성하기 위해 물러갔을 테고, 구축함 두 척은 해안 경비대 기지를 떠나 포위선으로 접근하고 있는 중일 게다.

그리고 항모타격전단은 버지니아 주 노포크에서 출항해

배치 지점인 섬에서 300km 떨어진 해상으로 이동 중일 것이다.

그간 해면 위로 심심치 않게 보이던 단정들이 모두 시야에서 사라지고 나자, 통첩 기일의 아침은 이상하리만큼 조용했다.

13시.

밀튼과 마이크, 그리고 팀과 알렉스, 넷은 네이비씰 6팀이 착용했던 전술 장비들로 무장하고선 결의를 다지는 조촐한 의식을 치렀다.

15시.

리차드 청이 실시간 위성사진을 내게 보여 줬다.

함선들의 모든 배치가 끝났다.

단지 시야에 들어오지만 않을 뿐, 저 30km 밖에선 수십 척의 고속 단정들이 광범위하게 포위망을 형성하고 있었고, 저 300km 밖에선 거대한 항공모함과 호위함들이 바다 위에 유유히 떠서 그 위용을 발하고 있었다.

하지만 위성사진과는 달리 조용하기만 한 바다를 보고 있노라면 마치 아무 일도 일어나지 않을 것 같은 느낌이 들었다.

15시 30분.

팀과 리차드 청을 따로 불렀다. 각종 전술 무기로 무장한 둘은 기계 인간과 같은 모습을 한 채 내 사무실로 들어왔다.

"이상한데요, 교주님. 이번만큼은 왠지 긴장이 되는데요?"

팀이 마스크를 벗으며 씩 웃어 보였다.

"섬은 평소와 같을 것이다. 하지만 만일이라는 게 있으니 지금처럼 긴장을 유지해라. 검, 권. 내가 없는 사이 섬을 잘 부탁한다."

"예?"

"스승님?"

팀과 알렉스가 동시에 입을 열었다. 우선 둘을 앞에 있는 의자에 앉혔다.

그러고는 차분히 설명하기 시작했다.

"18시 이후 해안 경비대의 구축함에서 하푼 미사일 다섯 발이 발사된다. 그리고 항공모함에서 다섯 기의 전투기가 출격해 포탄을 투하한다. 이게 저들의 작전이다. 미사일이든 전투기든 섬에 가까이 접근하는 즉시, 이곳은 참혹하게 변한다."

"무슨 소리예요. 본교에는 교주님, 우리 사부님이 있습니다."

팀의 반문에 내 고개가 설레설레 저어졌다.

리차드 청이 준 미사일과 전투기에 대한 상세 정보를 보

레이더 모니터 273

고서, 어젯밤 내내 내 무력과 그것들의 전력을 비교해 봤을 때 내린 결론이었다.

"사부님이라도 항모타격전단은 무리라는 건가요?"

예정된 하푼 미사일 다섯 발은 시속 850km의 속도로 다섯 지점으로 나눠서 날아온다.

그 다섯 지점은 저택을 중심으로 최소 3km씩 떨어져 있다.

객관적으로 내가 현재 낼 수 있는 최고 속도를 시속 300km쯤으로 볼 수 있는데, 그 말인즉슨 몸이 다섯 개가 아닌 이상 다섯 발의 미사일을 모두 상대할 수 없다는 뜻이다.

전투기도 마찬가지다.

지난날들을 떠올렸을 때 내가 수직 상승할 수 있는 최대 높이는 1,000m쯤이다.

그러나 전투기는 최고 1,5000m까지 고도를 유지할 수 있으며 속도를 마하 1.8(시속 1,930km)까지 낼 수 있다.

물론 폭탄을 투하하기 위해서 고도를 4,200피트로 속도를 마하 0.6으로 낮추기로 되어 있지만, 그 역시 마찬가지로 내가 쫓아가기 힘든 높이며 속도라는 결론이 섰다.

그것은 미사일이 발사되기 전, 전투기가 출격하기 전에 적들을 제압하는 것이 최선이라는 최종 결론으로 이어졌다.

앞서 무인정찰기 트리톤을 격추시킬 수 있었던 것은 그

것이 저공저속비행을 하고 있었기에 가능한 일이었다. 운이 좋았던 것이다.

"스승님. 스승님께서도 미사일을 맞으면 다치십니까?"

알렉스가 진지하게 물었다.

호신강기를 극으로 끌어 올린다면 나는 다치지 않을 수 있다.

그러나 저택은 다르다. 팀과 알렉스도 마찬가지며, 하물며 다른 사람들은 모두의 우려처럼 산산조각으로 찢겨지고 불탄다.

"그런 뜻이 아니다. 여기가 전장이 되어선 안 돼. 그럼 나는 여기를 지킬 수 없다. 마침 모든 함선들의 배치가 끝난 지금 내가 먼저 선수를 친다."

"와우!"

팀의 얼굴에 화색이 돌았다.

"저희들이 도울 것은 없습니까?"

"교도들을 부탁한다. 내가 없는 사이나 혹은 모종의 이유로 작전이 변경돼서 특전대가 상륙한다면……."

"그건 걱정 마십시오, 스승님."

"너희 둘을 믿으마."

"옛!"

"예!"

둘이 절도 있게 고개를 숙였다.

둘의 어깨를 한 번씩 툭툭 친 다음 그대로 스치고 지나갔다.

교도들의 눈을 피해 동쪽 해안가에 도착했다. 옷을 편하게 입었고 역용을 한 뒤 집회용 가면을 썼다. 그리고 마지막으로 만일의 경우에 대비해서 가져온 흑천마검을 화구통에서 꺼내 등에 멨다.

간다.

파도에 출렁이는 해수면 위로 발을 올렸다.

한 발자국, 한 발자국.

해수면 위를 걸으면서 조금씩 속도를 높였다.

이런 식의 답수공(踏水功)으로 항모타격전단이 있는 300km 지점까지 이동하는 건 무리지만, 제1 목표인 구축함이 있는 30km 지점까지라면 큰 힘을 들이지 않고 가능하다.

입수한 정보에 의하면 연안 경비대의 구축함은 동쪽과 서쪽에 있다.

무작정 동쪽으로 향하면서 주변의 기운에 집중했다.

20분쯤 지났을 때.

드디어 사람의 기운이 느껴졌다.

십수 명씩 뭉쳐 있는 곳은 단정을 나타내는 것이었고, 삼

백여 명이 넘는 기운이 한 번에 밀집해 있는 곳이 바로 구축함이었다.

구축함 한 대와 주변에 거리를 두고 떠 있는 고속 단정들이 시야에 들어오기 시작했다.

고속 단정들은 크기가 100m가 넘는 구축함에 비해 몹시 작게 보였다. 그리고 상대적으로 구축함은 아직 지지 않은 햇볕 아래 거대한 위용을 자랑하고 있었다.

아직 해가 꺼지지 않은 시간.

구축함은 적색으로 내리꽂는 태양빛 아래 훤히 드러나 있었다.

가까이 다가갈수록 특이한 회색 빛깔로 도색된 거대 함체의 모습이 자세히 보이기 시작했다.

이지스 레이더 장치는 하늘을 찌를 듯이 높게 솟아 있었고 127mm 함포는 갑판부에 위압적으로 장착돼 있었다.

측면의 중앙 부분에는 대함 미사일이 어딘가에 있을 적을 향해 성난 이빨을 드러내고 있었다. 저 먼 끝 선미에 떡하니 자리 잡고 있는 두 대의 헬리콥터는 어제 보고서에서 본 대잠헬기 시호크였다.

내 눈앞에 압도적인 모습을 자랑하며 떠 있는 이 구축함은 자타공인 '바다의 장군' 이었다.

그러나 나는 저 거대한 바다의 장군이라 할지라도 극성으로 발출된 십이양공을 열기를 이겨 낼 수 없다는 자신감을 가지고 있었다.

구축함에 탑재된 미사일이나 함포가 발사되었을 때가 문제지 덩그러니 떠 있는 구축함 자체만으로는 내게 위협이 되지 않는다.

그럼에도 불구하고 처음부터 나는 곧장 구축함을 침몰시키지 않기로 생각하고 있었다.

구축함에 있는 선원 삼백여 명을 단 일격으로 수장시킬 수는 없었다.

내게는 충분하진 않지만 약간의 시간이 남아 있고, 최소의 희생으로 구축함을 무력화할 수 있는 힘이 있기 때문이다.

넘실거리는 파도 위를 뛰면서 갑판 쪽을 바라봤다. 숙지해 놓았던 근무 위치대로 갑판에는 경계병 셋뿐이었다.

대부분은 겉으로 드러나지 않은 실내, 그러니까 함교나 전투상황실, 통신실, 갑판행정실, 기관조종실, 가스터빈실과 같은 지정된 근무 지역에서 제 임무를 수행하고 있는 것이다.

어제 세운 계획을 떠올리며 구축함 후미 쪽으로 방향을 틀었다.

대함 미사일이 장착된 측면 부분에 군인 둘이 보였지만 그들은 내 쪽으로 시선을 돌릴 생각도 없이 미사일 장치만 살펴보고 있었다.

문제는 약 500m 정도 떨어져 있는 지점에 있는 고속 단정이었다. 그런데 망원경으로 보지 않는 이상 나를 확인할 수는 없을 거란 생각이 들었다.

탓!

해수면을 밟고 뛰어올라 구축함 후미 부분에 은밀히 잠입했다.

광장같이 넓은 공간에 중형 헬기 두 대가 있었고, 군인 넷이 헬기를 정비하고 있었다.

작전 시간인 18시까지 약 두 시간 남았다.

그 두 시간은 먼 간격을 유지한 채 배치된 구축함 두 대를 전투 불능 상태로 만들고 300km 후방에 있는 항공모함과 호위함들에 접근하기에는 매우 촉박한 시간이었다.

더불어 내가 먼저 공격을 시도했을 때 변경될 군의 작전 시간까지 고려한다면 나는 가능한 한 빠르게 움직여야 한다.

집게손가락을 튕겼다.

슈욱!

탄지를 날려 군인 넷을 동시에 처리한 다음 멀리 보이는 문으로 달려갔다.

문을 열자 역시나 갑판 밑 1층부터 2층까지 통하는 계단이 나타났다. 비로소 군인들의 목소리가 들리기 시작했다.

셋으로 구성된 군인 무리가 계단을 올라오고 있었다.

"훈련이 아니라니까."

"계속 그 소리야? 대체 누구한테 들은 거야."

"존. 그 녀석 말이 맞는 게, KRQ(해군 훈련 프로그램 중의 하나)에 대해서 한마디 말도 없잖아. KRQ가 없어. 그리고 지휘부의 분위기도 평상시와 달라."

"훈련이 아닌데 항모타격전단까지 오겠어?"

"어!"

우리는 계단에서 그대로 마주쳤다.

내가 쏜살같이 날아들어 셋을 점혈하자, 셋은 어떠한 소리도 내지 못하고 올라오던 자리에서 곧바로 쓰러졌다.

셋이 계단 위를 구르면서 큰 소리를 내지 못하도록 발로 녀석들의 몸을 차, 구석으로 밀어 넣었다.

일단 함선에 잠입했으면, 차라리 함선을 침몰시키는 편이 훨씬 수월하다.

절단축을 만들면 되기 때문이다.

이를테면 선미 상부에 강력한 힘을 집중시키면 그 절단축을 기준으로 선미 끝과 갑판 상부 쪽에 대각으로 힘이 작용하면서, 함선이 V 자로 꺾임과 동시에 절단된다.

하지만 그때는 신속한 구조가 이뤄지지 않는 경우 구축함에 탑승하고 있는 선원 삼백여 명이 모두 수장된다.

그래서 구축함을 침몰시키지 않고 섬으로 다가가지 못하게, 그리고 미사일을 발사시키지 못하게 하기 위해선 몸을 더 움직여야 한다.

갑판 밑 2층과 3층에 복층으로 위치한 가스터빈실과 디젤엔진실의 장비들을 모조리 망가트린 다음, 함선을 지휘, 총괄하는 함교로 올라가 통제 시스템을 사용하지 못하도록 만들면 된다.

갑판 밑 2층까지 내려온 나는 구축함 내부 구조도를 다시 떠올렸다.

눈앞에 있는 문을 열면 복도가 두 갈래로 나눠져 나타날 것이다.

왼쪽은 타기실(舵機室, Steering gear room)과 상비탄약고로 통하는 복도고 오른쪽은 전자정비실과 병기행정실로 통하는 복도다.

디젤엔진실 입구는 오른쪽 복도 끝, 즉 전자정비실을 지나쳐야 나타난다.

문을 열고 오른쪽 복도로 발걸음을 옮겼다.

드디어 다수의 군인들이 시야에 들어왔다.

그들이 나를 발견했다.

"저기?"

가면을 쓴 내 모습이 이상하게 보였는지, 나를 본 자들은 멍하니 서서 나를 가리켰다.

"침입자다!"

누군가 외쳤다.

탄지가 손끝에서 발출돼 다섯 갈래로 나뉘져 날아갔다.

레이저 같은 적광(赤光)을 발하며 어떤 것은 직선으로 어떤 것은 살아 있는 생물처럼 꾸불꾸불 움직이며 복도에 마주친 이들 다섯 명의 혈도에 적중했다.

그들이 쓰러지는 모습 뒤로 전자정비실과 병기행정실에서 십수 명의 군인들이 튀어나오는 광경이 보였다.

모두 무장은 하지 않은 상태였다.

쏴악!

그들을 향해 득달같이 날아들었다.

순간적으로 인 바람에 그들의 머리칼과 군복이 바람 방향으로 펄럭였다.

그들 사이를 유령처럼 지나치면서 눈에 보이는 순서대로 한 명씩 점혈했다.

어느 순간 내 뒤에는 쓰러진 사람들뿐이었고, 내 앞에는 디젤엔진실로 통하는 문이 있었다.

아직도 전자정비실과 병기행정실에서 군인들이 튀어나오고, 타기실과 상비탄약고가 있는 복도 모퉁이에서 새로운 군인들이 튀어나오고 있었지만 그들을 무시한 채 문을 열고 디젤엔진실로 들어갔다.

문 틈 사이로 새어 나오던 기관 잡음들이 더욱 커졌다.

나는 거대한 기관들이 운집해 있는 광경이 잘 보이는 디젤엔진실 2층 난간에 있었다.

어떤 기관은 무척 커서 2층 천장까지 닿아 있었고, 어떤 것은 넓어서 엔진실의 삼 할 이상을 차지하고 있었다.

기관 명칭은 중요하지 않다.

눈에 보이는 기관을 모조리 부서트리는 것.

그것이 내 목표였다.

"죽고 싶지 않다면 물러서. 모든 게 폭파될 것이다."

디젤엔진실에서 근무하고 있던 군인들을 향해 외쳤다.

군인 여덟 명이 난간에 서 있는 나를 올려다봤다.

그들 중 하나는 빠르게 움직여 무전 장치로 달려갔다. 그때 닫아 둔 뒤쪽 문이 벌컥 열렸다.

긴급히 나를 쫓아온 군인들이었다. 그들 중 몇은 자동화기로 무장한 상태였다.

내가 손을 뻗자 그들이 쥐고 있던 자동화기가 내게로 날아왔다.

기운을 일으켰다.

그들은 온몸을 짓누르는 강한 힘을 못 이겨 일제히 제자리에서 무릎을 꿇었다.

열두 명.

"곧 불이 일 거다. 함선이 침몰되길 원치 않는다면 나를 따라오지 말고 그 불을 꺼라."

기운에 제압당한 군인들은 흡사 귀신을 만난 듯한 표정들을 짓고 있었다.

그러나 디젤엔진실 1층에 있는 군인들은 복도 쪽에서 무슨 일이 벌어졌는지 보이지 않기 때문인지 싸울 준비를 하고 있었다.

쾅!

공력을 일으켜서 오른쪽 측면에 위치한 기관 하나를 터트렸다.

쾅!

그리고 그다음 왼쪽 측면도 폭파시켰다.

그제야 엔진실 군인들이 가스터빈실로 이어지는 문으로 도망치기 시작했다.

너무 강한 공력은 자칫 이들이 감당하기 힘든 불길을 만들어 낼 뿐만 아니라, 바닷물을 막는 엔진실 하부 철판을 부서트릴 수도 있었다.

기관이 부서질 만큼 적당히 공력을 운용하며 사방에 폭발을 일으켰다.

폭발음이 연달아 들리면서 뿌연 연기가 피어올랐다.

연기 틈새로 번지기 시작한 화염도 보였다.

내게 제압당해 여전히 몸을 피지 못하고 있는 군인들에게 불을 끄라고 지시한 후 엔진실 1층으로 뛰어내렸다.

그때.

위이이잉.

선내 경보음이 시끄럽게 울렸다.

"실제 상황이다. 디젤엔진실에 침입자 발생. 전 대원은 무장하고 상사의 명령에 따른다. 다시 반복한다. 실제 상……"

측면을 타고 올라간 불길이 스피커를 집어삼켰다.

연기를 뚫고 화염을 짓밟으면서 가스터빈실로 향했다.

문을 열었다.

아니나 다를까.

문이 열리길 기다리고 있던 군인이 쇠파이프를 휘둘렀다.

그러나 쇠파이프는 반사적으로 일어난 호신강기를 때렸고 군인은 외마디 비명과 함께 반대쪽으로 튕겨 날아갔다.

나는 화염이 번지는 엔진실이 잘 보이도록 문을 활짝 열어 놓은 채 가스터빈실 군인들에게 다시 경고했다.

"이곳은 곧 모든 게 폭발한다. 상부의 명령대로 무장하러 돌아가라."

나지막하게 말했지만 기운이 담긴지라 내 목소리가 사방

에서 울려 댔다.

"으아아악!"

내 경고를 무시하고 한 녀석이 기합을 지르며 뛰어들었다.

"안 돼! 핫산!"

가스터빈 뒤에서 몸을 숨긴 채 그렇게 외친 이는 엔진실에서 도망친 군인이었다.

달려든 군인의 목을 잡아 혈도를 누름과 동시에 가스터빈 쪽으로 던졌다.

데리고 나가.

숨어 있던 군인에게 눈으로 말했다.

그는 핫산이라는 이름을 가진 군인을 업고선 가스터빈실에서 도망쳤다. 나를 쇠파이프로 공격하려다 도리어 조수기에 처박히게 된 군인이 비틀거리면서 그 뒤를 따랐다.

이제 가스터빈실에는 나만 남았다.

가스터빈실 장비들을 하나씩 바라봤다.

가스터빈실에서 가장 중요한 장비는 역시나 보호판 아래 감춰진 가스터빈과 유수 분리기(기름과 물을 분리하는 장치), 그리고 함선용 조수기(선박에서 필요한 깨끗한 물을 만드는 장치)다.

한 발자국.

가스터빈을 보호하고 있던 철판이 우직거리는 소리와 함께 일그러진다.

두 발자국.

보호 철판이 완전히 일그러져 가스터빈을 드러낸다.

세 발자국.

보호 철판이 흡인관, 그리고 폐기관과 함께 뜯겨져 나간다.

네 발자국.

가스터빈 외부에서 쾅! 하는 큰 소리와 함께 불길이 치솟는다.

다섯 발자국.

불길 사이로 압축돼서 완전히 부서져 버린 가스터빈의 모습이 보인다.

그렇게 다섯 번째 걸음을 마쳤을 때 가스터빈은 부서졌고 조수기와 유수 분리기 모두 망가졌다.

선 자리에서 천장을 올려다봤다.

가스터빈실 위, 그러니까 갑판에는 기관조종실이 위치하고 있다. 기관조종실 위에서 한 번 더 천장을 뚫고 밖으로 나가면 함교로 뛰어오를 수 있다.

자!

간다!

천장으로 뛰어오른 나는 천장에 부딪칠 무렵 그곳에 강기로 두른 주먹을 내질렀다.

큰 소리와 함께 철판에 큰 구멍이 났다.

내가 뚫은 천장 위에 기관조종실의 컴퓨터 장비들이 위치하고 있었던 모양이다. 덩달아 조각조각 부서진 컴퓨터 장비들이 사방으로 튕겼다.

기관조종실의 군인들이 충격을 피해 황급히 몸을 날리는 광경이 보였다. 그대로 기관조종실 천장마저 뚫고 갑판 밖으로 나와 하늘로 솟구쳐 올랐다.

위이잉.

함선 전체에 울려 퍼지고 있는 경보음 소리가 점차 작게 들린다.

높은 상공에서 시선을 아래로 돌렸다. 무장을 위해 분주하게 움직이는 선원들의 모습이 개미처럼 조그맣게 보였다.

함장이 함선의 모든 시스템을 지휘, 통제하는 곳, 함교.

그쪽으로 시선을 집중했다.

그곳은 이지스 레이더 부근에 있었는데, 만약 유리창을 달았다면 함선 전방이 훤히 보일 그런 곳에 위치하고 있었다.

하지만 함교 전면부는 유리창 대신 방폭(防爆) 철갑이 대신하고 있었다.

함교에 들어가기 위해서 구태여 갑판 위에 착지한 다음,

계단을 올라 문을 열고 들어갈 생각은 없었다.

마침 나는 가스터빈실부터 두 층의 천장 철판을 뚫고 나와 하늘로 솟구친 상태였다.

갑판 제일 밑부터 천장을 뚫고 하늘로 솟구쳤듯이, 이번에는 빠른 속도로 신형을 내리꽂아 함교 천장을 뚫고 그 안으로 난입했다.

내가 몸에 붙은 철판 조각들을 털어 내고 있을 때, 함장, 부함장, 그리고 장교 셋과 함교 근무 군인 다섯. 그렇게 총 열 명은 쓰러진 상태로 갑자기 하늘에서 천장을 뚫고 난입한 정체불명의 침입자를 올려다보고 있었다.

함장이 바닥에 떨어져 있는 권총을 집으며 일어섰고, 나머지 인원들도 빠르게 일어나면서 총구를 내게 겨눴다. 숙달된 솜씨였다.

"뒤로 돌아서 무릎 꿇어! 당장!"

군인이 외쳤다.

전투 불능으로 만들어야 할 함선들이 아직도 많이 남았다.

시간이 없다. 이들이 무장한 화기들을 모두 함교 문 밖으로 날려 버렸다.

그런 다음 이들이 움직이지 못하게 기운으로 제압하였고 함교 안의 모니터 장비와 통제 장비들을 모조리 폭파시켰다.

함교 바로 아래층에 통신실이 있지만 그곳은 내버려 두기로 했다.

충분한 시간이 주어진다면 이 구축함의 일체 통신을 모두 정지시킬 수 있겠다만, 지금 현재로선 통신실만 부순다고 해서 가능한 일이 아니었다.

"오…… 하느님…… 이건…… 말도 안 돼……."

기운에 제압당해 몸을 움직이지 못하고 있는 함장은 간신히 그렇게 중얼거렸다.

할 일을 마쳤다.

이것으로 이 구축함은 미사일을 발사하지도, 섬으로 이동하지도 못한다.

함교 밖으로 나오자 구축함을 향해 몰려드는 수많은 고속 단정들이 보였다.

그중 제일 가깝게 접근한 고속 단정으로 몸을 날렸다. 고속 단정을 포획해서 다음 목표물인 연안 경비대의 남은 구축함까지 신속하게 이동해야 한다.

* * *

16시 45분.

연안 경비대의 두 번째 구축함도 전투 불능 상태로 만들었다.

'나는 명예로운 독수리' 작전이 18시 경으로 예정되어 있다. 하지만 이미 항모타격전단은 사태를 파악하고 있을 것이다.

작전 시간이 변경될 확률이 높다.

"함장."

함장은 부서진 모니터 파편을 뒤덮어 쓴 채 무릎을 꿇고 있었다.

그의 뒤로 다가가 목을 잡고 일으켜 세웠다. 그때쯤 자동화기로 무장한 선원들이 함교 안으로 난입하기 시작했다.

"함선이 침몰하길 원하는가. 아니면 시호크(대잠헬기 SH-60. 구축함 함재기)를 내주겠는가. 함장은 지금 선택하라."

나는 총구를 겨누고 있는 선원들을 바라보면서 함장에게 속삭이듯 말했다. 함장은 입을 열지 않았다. 그는 함교로 난입한 그의 부하들을 믿고 있는 것 같았다. 정확히는 내게 겨눠진 십수 개의 자동화기를 믿고 있는 것이다.

화악!

내가 일으킨 기운에 자동화기들이 주인의 손을 떠나 사방으로 뿔뿔이 흩어졌다.

"지금이라도 당장 이 함선을 침몰시킬 수 있다. 선택해라. 함장. 당신의 명예가 함선과 선원 삼백 명의 생명보다

소중한가."

항모타격전단이 있는 해상 300km를 이동하는 방법 중 최선은 헬기, 차선은 고속 단정, 그리고 마지막이 경공이다.

그러나 내가 헬기를 필요로 하는 데에는 이동 방법보다 더욱 중요한 목적이 있다.

현재 항모타격전단의 미사일들은 저택이 있는 섬의 다섯 지점으로 정해져 있다. 바로 그 미사일들의 목표점을 내 쪽으로 변경하기 위해서 헬기가 필요하다.

함장의 어깨 너머로 오른손을 뻗었다. 동시에 다섯 손가락에서 뻗어 나간 탄지가 난입한 선원들에게 적중했다.

다들 외마디 비명과 함께 그 자리에서 혼절해 버렸다.

"함장은 당신의 함선이 침몰되길 원하는군. 그렇게 해 주겠다."

함장을 뒤로 밀어 젖힌 다음 보란 듯이 손에 공력을 피어올렸다. 어깻죽지부터 손가락 끝까지 붉은 기운이 회오리처럼 휘감아 돌았다.

"멈춰! 무슨 속셈인지 모르겠지만 멈추란 말이다! 내주겠다."

함장이 다급하게 외쳤다.

선원들은 꾸준히 함교로 난입하고 있었다. 그때 바닥에는 선원들이 쓰러져 있고, 함장은 구석에, 그리고 나는 중앙에 우두커니 서 있었다.

"사살해!"

함장은 더욱 구석진 자리로 옮기면서 큰 목소리로 명령했다.

내게 향한 총구들에서 일제히 불꽃이 튀었다. 고막을 긁어 대는 듯한 큰 소음들과 함께 내게 날아드는 수백 발의 총탄이 보였다. 그러나 수백 발의 총탄 중 그 어느 것 하나 내 몸에 닿지 못하고 강기에 닿자마자 쇳물로 변했다.

팡!

내 몸에서 강력한 기풍(氣風)이 터져 나와 모두를 날렸다. 어떤 이들은 문 밖으로 튕겨 날아갔는데, 대부분은 함교 내부 벽에 충돌해 큰 외상을 입었다.

구석에서 신음하고 있는 함장에게 다가갔다. 그러고는 그의 정수리에 오른손을 올렸다.

그는 이제 죽겠구나, 하고 생각했는지 전신을 부르르 떨었다.

"헬기 조종사를 불러."

함장에게 명령했다.

* * *

두두두.

대잠헬기 프로펠러가 힘차게 돌아가기 시작했다. 조수석 문을 닫자 내부로 휘몰아쳐 들어오던 바람이 멎었다. 강제로 끌려온 조종사는 시스템 점검을 끝낸 뒤 헬멧을 썼다. 나를 흘깃 쳐다보는 그의 두 눈에는 두려움에 가득했다.

우리를 뒤쫓아 왔던 선원 삼십여 명이 붉은 기운에 의해 무장이 해체되고, 갑자기 혼절해 버리는 괴이한 광경을 목격했기 때문이다.

"항모타격전단으로 이동해라."

내가 말했다.

"모, 모르는 겁니까? 이 헬기로는 항모에 접근할 수 없습니다."

그의 말이 맞다. 어떤 사물도 항모타격전단에 접근할 수 없다.

항모타격전단 이지스 레이더와 조기 경보기 호크아이 그리고 우주의 위성을 통해 수천 km 밖에서도 접근, 이동하는 사물을 포착한다.

그 사물이 위험 요소라고 판단되면 항공체나 미사일이라면 대공미사일을, 선박이라면 지정된 호위함에서 대함미사일을 발사해 위험 요소를 제거한다.

물론 그 전에 토마호크나 하푼과 같은 미사일을 위험 요소가 있을 군사 시설에 먼저 발사해 사전에 제거하지만 말이다.

만일 항모타격전단에서 발사한 미사일이 위험 요소에 의해 요격되면 순양함과 구축함, 그리고 프리깃함 등 7~8대의 호위함에서 2차, 3차 미사일을 발사한다.

여기에서 제거되지 않는 위험 요소는 없다. 모든 위험 요소는 수백, 수천 km 밖에서 미사일들로 제거된다.

하지만 만일 거기에서도 위험 요소가 제거되지 않는다고 했을 때, 항모 탑재기 백여 대가 일제히 출격할 수도 있다.

또 있을 수 없는 일이지만 전투기 출격도 무산돼 위험 요소가 근처까지 접근하면 항모와 각 호위함에 배치된 20mm 발칸포와 함포로 직접 그 위험 요소를 제거한다.

헬기 조종사는 바로 이 점을 말하고 있는 것이다.

"미사일들이 날아들 겁니다."

그 말에 내 입가에 희미한 미소가 떠올랐다.

항모타격전단의 화력 집중 대상이 섬에서 헬기로 변경되는 것.

그것이야말로 내가 바라고 있는 점이다.

"상관없다. 비행해라."

목소리에 기운을 담아 명령했다.

그는 내 살기에 짓눌려 어쩔 수 없이 헬기를 띄웠다.

"최고 속도로."

그렇게 뇌까린 다음 창밖으로 시선을 돌렸다. 구축함이 점점 멀어진다. 높은 상공까지 올라와 본격적으로 최고 속도를 내기 시작했다.

최고 속도인 300km에 달했을 때쯤에 헬기 기체가 불안할 정도로 흔들거렸다. 그때 헬멧 안으로 보이는 조종사의 표정은 몹시 비장했다.

비행을 시작한지 십 분이 지날 무렵 항모에서 무전이 왔다.

조종사가 나와 무전기를 번갈아 바라봤다. 그가 무전기를 집어 들었다. 나는 다시 그것을 건네받았다. 스피커에서 음성이 들렸다.

[시호크 No.31. 시호크 No.31. 선회하라. 경고한다. 선회하라.]

"보고를 들었겠지. 나는 연안 경비대 두 번째 구축함을 무력화시켰다. 이제 그쪽으로 직행한다. 선회는 절대 없다."

탁!

그것으로 무전을 끊었다. 그쪽에서도 더 이상의 연락이 없었다.

조종사는 헬멧 안으로 손을 집어넣어 식은땀을 닦았다. 그렇게 오래 지나지 않아 조종사의 놀란 음성이 터져 나왔다.

"발…… 사! 항모 순양함에서 대공 미사일이 발사됐습니다."

조종사는 옷 안에 감춰져 있던 십자가 목걸이를 끄집어내 오른손에 움켜쥐었다. 항모타격전단까지 남은 거리는 200km 남짓, 그곳에서 발사된 미사일이 헬기의 레이더망에 포착됐다.

군용 레이더 모니터를 읽는 방법쯤은 지난밤 익혀 뒀다.

미사일은 시속 800km의 속도로 날아오고 있었다. 앞으로 7분에서 8분 정도 지나면 헬기로 날아오는 미사일을 육안으로 확인할 수 있을 것이다.

"계속 비행해라."

극도의 불안함에 시달리고 있는 조종사의 어깨에 손을 올렸다.

그리고 그의 몸으로 기운을 주입시켜 조금이나마 정신이 청명해지게끔 만들었다. 조종사는 보다 좋아진 안색으로 나를 돌아봤다.

하지만 그것도 몇 분 가지 않았다.

미사일이 시야에 들어오길 기다렸다. 이윽고 그것이 지옥에서 끌어 올린 듯한 화염 꼬리를 달고 연기를 동반한 채 모습을 드러냈다.

미사일은 하늘 저편에서 나타나서 빠르게 헬기를 향해 날아왔다.

그것도 정면으로.

"으아아악!"

조종사가 두려움을 이기지 못하고 비명을 질렀다. 조종사에게 속도를 낮추라고 말하면서 조수석 문을 열었다.

강렬한 바람이 헬기 안으로 들어왔고, 헬기는 순간적으로 휘청였다.

열린 문에서 몸을 날려 운전석 앞 유리창으로 뛰었다. 기체를 밟고 우뚝 섰다. 헬기 프로펠러가 바로 정수리 위에서 세차게 돌고 있었다.

발에 공력을 고도로 집중시켜야 할 만큼 풍압이 거셌다. 눈을 찌르는 바람을 이겨 내기 위해서도 안력을 키웠다.

미사일과의 거리가 빠르게 줄어든다. 속으로 거리를 가늠한다.

헬기 정면 15m 지점까지 날아든 미사일은 생각보다 크고 강한 추진을 받은 상태였다. 그동안 청명한 하늘로 가득 찼던 시선에 미사일의 동체가 가득 찼다.

삼.

이.

일.

지금이다.

명왕단천공이 가져온 이미지는 이화접옥(移花接玉)의 수법과 비슷했다. 양손에서 뻗친 공력은 미사일이 다가오는 방향으로 태극 물결을 그렸다. 그것은 곧 꽃처럼 화려한 형상으로 변했다.

조종 장치가 탑재돼 있는 미사일 머리 부분에 공력으로 만든 화려한 형상이 파고드는 그 순간, 나는 미사일의 추진력을 느낄 수 있었다.

추진력, 힘이 작용되는 방향을 바꾼다.

머릿속으로 이미지를 그리면서 공력의 움직임을 변화시켰다.

수평으로 날아왔던 미사일의 방향이 90도로 꺾여서 미사일 머리가 바다로 향했다. 그러더니 날아왔던 추진력에 내 힘이 보태어져 해수면을 향해 내리꽂혔다.

콰아아앙!

거대한 폭발과 함께 물기둥이 치솟아 올랐다. 그 파동 때문에 헬기 기체가 심하게 흔들거렸다.

다시 조수석에 탑승했다.

조종사는 완전히 얼이 나가 있었다.

"계속 비행해라."

그렇게 말하며 레이더 모니터를 확인했는데, 아니나 다를까 항모타격전단에서 미사일 여섯 발이 추가로 발사되고 있었다.

*　　*　　*

항모타격전단과 거리가 절반인 150km로 좁혀졌을 때, 기다리고 있었던 미사일 여섯 발이 나타났다. 그 미사일들은 전과 동일하게 바다에 추락해 거대한 물보라를 일으키며 폭발했다.

잠시 뒤.

뚜. 뚜. 뚜뚜. 뚜뚜.

헬기 레이더가 사물을 포착할 때 내는 신호음이 빠르게 반복됐다.

조종사도 놀란 얼굴로 모니터를 확인했다.

레이더는 강력한 전파를 쏘아 보낸다. 그 전파에 반사물이 포착되면, 포착물의 크기와 속도로 포착물을 약속된 도형으로 표기해 모니터에 보여 준다.

미사일이 발사될 때면 어김없이 네모로 표기됐다. 그 아래에는 속도와 크기가 작은 글씨로 적혀 있었다.

이번에도 그랬다.

네모가 움직인다. 그런데 한두 개가 아니다. 한 번에 네모 열여섯 개가 움직인다.

그뿐만이 아니었다.

세모가 나타났다.

마하 1.8(시속 약 1,930km)의 속도로 날아오는 그것의 길이는 18m, 폭 13m로 표기되어 있었다. 항공모함에 탑재된 전투기가 출격에 나선 게 불명했다.

"둘. 다섯. 일곱."

조종사는 레이더 모니터에 나타난 세모의 수를 세기 시작했다.

"아홉. 열둘. 열다섯. 열일곱. 스물."

레이더 모니터 한구석이 세모와 네모로 가득하다.

네모 열여섯 개, 세모 스무 개.

즉.

미사일 열여섯 발, 전투기 스무 대.

그것들이 나를 향해 날아오고 있다.

그때였다.

갑자기 헬기 조종사가 문을 열고 밖으로 몸을 날렸다. 극도의 공포를 이기지 못한 것일까.

그는 낙하산도 없이 바다로 추락하면서 비명을 질러 댔다.

주인을 잃은 헬기가 바로 휘청거렸다. 황급히 조종석으로 자리를 옮기고 조종 레버를 움켜쥐었다.

눈앞에는 사용할 줄 모르는 헬기 조종 시스템 장치들로 가득했다. 그래도 레버가 움직이지 않도록 고정을 한 이후로는 기체가 더 이상 흔들리지 않고 방향이 유지 됐다.

헬기와 항모타격전단까지 거리는 150km. 마하 1.8의 속도로 초고속 비행을 하는 전투기는 4분이면 150km를 돌파한다.

지금부터 4분 후면 전투기 스무 대가 나타나 미사일을 퍼붓는다.

그 4분이 몹시 길게 느껴졌다. 다가오는 미사일이라면 몰라도 마하 1.8로 움직이는 전투기를 무슨 수로 요격할 수 있을까.

머릿속에는 온통 그 생각뿐이었다.

우우우.

굉음이 점점 가까워진다. 레이더 모니터에서도 전투기가 근접했음을 알리며 비상 신호음을 시끄럽게 울려 댔다.

과연 전방으로 전투기 두 대가 시야에 들어왔다. 전투기 두 대는 나란히 수평으로 거리를 유지하고 있었다. 안력을 키우자 전투기 안으로 산소 호흡기를 부착한 항공 헬멧을 쓴 조종사와 그 뒤로 언뜻 부조종사의 모습이 보였다.

쥐고 있던 레버를 놓으며 몸을 일으켰다. 헬기가 곧바로 반응해서 휘청거리고, 점점 심하게 흔들리기 시작했다.

그때 갑자기,

나머지 전투기는 왜 보이지 않는 거지?

그 생각이 뇌리를 스치고 지나갔다.

훼엑.

레이더 모니터로 시선을 돌렸다.

열여덟 개로 이뤄진 세모 집단이 모니터 중앙 좌측으로 움직이고 있었다. 네모 집단도 처음과는 방향이 달라졌다.

쿵!

심장이 무겁게 내려앉았다.

나도 모르게 운전석 밖으로 고개를 내밀어 지나쳐 온 저 먼 하늘을 향해 고개를 들었다.

최고 고도에서.

굉장한 속도로.

전투기와 미사일이 내 머리 위를 지나쳐 섬으로 향하고 있다!

"왜! 왜!"

내 외침이 울리던 그때, 전투기 두 대의 양측 날개 밑에 달려 있던 공대공 미사일이 발사됐다. 미사일을 발사한 전투기 두 대 또한 날아오던 초고속도 그대로 눈 깜짝할 사이에 저쪽 하늘로 사라져 버렸다.

레이더 모니터 303

공대공 미사일이 헬기에 접근하고, 그 미사일의 접근을 알리는 신호음이 다급하게 울린다.

 그러나 지금 보이는 것이라곤 레이더 모니터 안에서 멀어져 가는 세모와 네모 집단, 십수 대의 전투기와 미사일들뿐이었다.

 "안 돼……."

 레이더 모니터 안으로 절망에 일그러져 가는 내가 보였다.

『마검왕』 15권에서 계속

작가홈페이지 http://www.naminchae.com